KEY·可以文化

莫言给孩子的文学课系列

莫言给孩子的
文学课

行走、阅读与写作

莫言 著

浙江文艺出版社
Zhejiang Literature & Art Publishing House

图书在版编目（CIP）数据

行走、阅读与写作/莫言著.—杭州：浙江文艺出版社，
2023.4

ISBN 978-7-5339-7029-1

Ⅰ．①行… Ⅱ．①莫… Ⅲ．①中国文学-当代文
学-作品综合集 Ⅳ．①I217.2

中国版本图书馆 CIP 数据核字（2022）第 219423 号

策划统筹	曹元勇	
责任编辑	易肖奇	顾楚怡
营销编辑	耿德加	胡凤凡
责任印制	吴春娟	
装帧设计	裴峰南	
封面插图	李 晶	
数字编辑	姜梦冉	诸婧琦

行走、阅读与写作
莫 言 著

出版发行	浙江文艺出版社
地　　址	杭州市体育场路 347 号
邮　　编	310006
电　　话	0571-85176953（总编办）
	0571-85152727（市场部）
印　　刷	杭州杭新印务有限公司
开　　本	710 毫米×1000 毫米　1/16
字　　数	166 千字
印　　张	15
版　　次	2023 年 4 月第 1 版
印　　次	2023 年 4 月第 1 次印刷
书　　号	ISBN 978-7-5339-7029-1
定　　价	39.00 元

目录
CONTENTS

第一辑

以文学行走

—

导读提示

  你知道作家眼中的世界是什么样的吗？在本辑的莫言"旅行笔记"中，记录了许多莫言在世界各地的有趣见闻。

  在北京秋天的下午，莫言翻书、喝茶、和着戏曲在屋子里打转；走进湖南的十里画廊，莫言竟遇到一队骑着马的群众演员；在作家梶井基次郎的墓前，不知是谁放上了一颗柠檬；在繁华喧闹的东京街头，活动着许多狐狸一样的闪闪发光的姑娘；俄罗斯傍晚的草原，宛若印象派的油画……

  让我们和莫言一起，畅游祖国的壮美山河，观赏世界的旖旎风光，换个角度观察世界，边走边看，边看边写，体验一段前所未有的文学之旅。

北京秋天下午的我

　　据说北京的秋天最像秋天，但秋天的北京对于我却只是一大堆凌乱的印象。因为我很少出门，出门也多半是在居家周围的邮局、集市活动，或寄书，或买菜，目的明确，直奔目标而去，完成了或得手了就匆匆还家，沿途躲避着凶猛的车辆和各样的行人，几乎从来没有仰起头来，像满怀哲思的屈原或悠闲自在的陶潜一样望一望头上的天。

　　据说秋季的北京的天是最蓝的，蓝得好似澄澈的海，如果天上有几朵白云，白云就像海上的白帆。如果再有一群白鸽在天上盘旋，鸽哨声声，欢快中蕴含着几丝悲凉，天也就更像传说中的北京秋天的天了。但我在北京生活的这些年里，几乎没有感受到二十世纪里那些文人笔下的北京的秋天里美好的天。那样的秋天是依附着低矮的房舍和开阔的眼界而存在的，那样的秋天是与蚂蚁般的车辆和高入云霄的摩天大厦为敌的；那样的天亲近寂寞和悠闲，那样的天被畸形的繁华和病态的喧嚣扼杀了。没有了那样的天，北京的秋天就仅仅是一个表现在日历牌上的季节，使生活在用空调制造出来的暧昧温度里、很少出门的人忘记了它。

　　从日历牌上我知道立秋的节气已过，但秋后还有一伏，气温依然是灼热逼人，家家的空调机还在轰鸣着。如果是中午上街，街上的水泥路面上，依然泛着耀眼的白光，多半是红色的车辆，咬着尾巴，缓慢地移动，像一团团移动的火炭，连缀成一条灼热的、扭曲的火龙，人在路边走，身上汗湿黏腻，不是愉快的事。在无事的情况下，我不会在这个时刻出门。我在这个时刻，多半是在床上午睡。我可以整夜地不睡觉，但中午不可以不睡觉。如果中午不睡觉，下午我就要头痛。在中午的梦里，我也许会梦到清华园里被朱自清描写过的荷塘。虽说荷花的盛季是夏天，但初秋的北京，从电视的画面上和报刊的文字里，我知道荷花照样开放得狂。等荷塘里满是高挑的莲蓬与苍黄的荷叶构成的风景时，大概已是中秋佳节了。

我的午休时间很长，十二点上床，起床最早也要三点，有时甚至到了四点。等我迷迷瞪瞪地起来，用凉水洗了脸，下午的阳光已经把窗上的玻璃照耀得一片金黄了。起床之后，我首先是要泡上一杯浓茶，然后坐在书桌前，如果老婆不在眼前，就赶紧点上一支烟。喝着浓茶抽着香烟，那感觉十分美妙，不可以对外人言也。

喝着茶抽着烟，我开始翻书，乱翻书，因为我下午不写作。我从来也没养成认真读书的习惯，拿起一本书，有时候竟然从后边往前看，感到有趣，再从头往后看。自从过了四十岁，我再也没有耐心把一本书从头看到尾了，无论是多么精彩的书。这是一个很不好的习惯，我知道，但要改正也难了。看一会儿书，我就站起来，心中感到有些烦，也可以叫无聊，就在屋里转圈，像一头关在笼子里的懦弱的野兽。有时就打开那台使用了十几年的日立牌电视机，21英寸的，当时是最好的，是用了我第一次出国的指标在出国人员免税店买的。日本货的质量，虽然近年来也频频出问题，但我家这台电视机的质量实在是好得有点惹人烦。十几年了，天天用，画面依然清晰，声音依然立体，使你没有理由把它扔了。电视里如果有戏曲节目，我就会兴奋得浑身哆嗦。和着戏曲音乐的节拍浑身哆嗦，是我锻炼身体的一种方法。我一手捻着一个羽毛球拍子使它们快速地旋转着，身体也在屋子里旋转，和着音乐的节奏，心无杂念，忘乎所以，美妙的感受不可以对外人言也。

我停止旋转从来不是因为累，而是因为电视机里的戏曲终了。戏曲终了，我心郁郁。解决郁闷的方法是拉开冰箱找食物吃。冰箱是东芝牌的，也是日本货，与电视机一样是用德国马克在出国人员免税店买的，前不久坏过一次，后来被我老婆敲了一棍子又好了。一般情况下我总能从冰箱里找到吃的，实在找不到了，我老婆就会动员我去离家不远的菜市场采买。我知道她其实是想把我撵出去活动活动。

在北京的秋天的下午，我偶尔去菜市场买菜。以前，北京的四季，不但可以从天空的颜色和植物的生态上分辨出来，而且还可以从市场上的蔬菜和水果上分辨出来。中秋节前后，应时的水果是梨子、苹果、葡萄，那也是各种甜瓜的季节。但现在的北京，由于交通的便捷和流通渠道的畅通，天南海北的水果一夜之间就可以跨洋越海地出现在市上。尤其是农业科技的进步，使季节对水果的生长失去了制约。比如从前，中秋节时西瓜已经很稀罕，而围着火炉吃西瓜更是一个梦想，但现在，即便是大雪飘飘的天气里，菜市场上，照样有西瓜卖。大冬天卖海南岛生产的西瓜不算稀奇，大冬天卖京郊农村塑料大棚里生产的西瓜也不算稀奇了。市上的水果蔬菜实在是丰富得让人眼花缭乱、无所适从。东西多了，就没有好东西了。

如果是去菜市场回来，我就在门口的收发室把晚报拿回家。从订阅《北京晚报》开始，我有了一点北京人的感觉。《北京晚报》是一份发行数百万份的报纸，版面一扩再扩，广告也日渐增多。看完晚报，差不多就该吃晚饭了。吃完了晚饭的事情，不属于本文的范围，我只写从中午到晚饭前这段时间里我所干的事情。

有时候下午也有记者来家采访我，有时候下午我在家里要见一些人，有朋友，也有不熟悉的探访者。媒体采访是一件很烦人的事，但也不能不接受，于是就说一些千篇一律的废话。朋友来家，自然比接受采访愉快，我们喝着茶、抽着烟，说一些杂七拉八的话，有时候难免要议论同行。从前我口无遮拦，得罪了不少人；现在年纪大了，多了些狡猾和世故，一般情况下不臧否人物，能说好话就尽量地说好话，不愿说好话就保持沉默，或者今天天气哈哈哈……

按说北京是个四季分明的地方，秋天有三个月。中秋应该是北京最好的时节。其实，中秋无论在哪里，都是最美好的时节。我小时候在山东老家，对中秋节就很感兴趣，因为中秋节除了天上有一轮圆月，地上还有月饼。苏东坡的千古名句"明月几时有，把酒问青天"就是在我的故乡做知州时写的，可见那时的月亮是何等的明亮。那时还没有吃月饼的习俗，如果有，苏东坡不会不写的。月饼之所以有馅，是因为元朝末期，汉族人要造蒙古人的反，在月饼里夹上了造反的纸条，借送礼之名，行联络之实。我少时听一个去内蒙古贩卖过牲口的人说，八月十五夜里，蒙古人要到草里去藏一夜。此说不知真耶假耶。沧海桑田，现在都成了自家兄弟了。现在的月饼里除了纸条不夹，几乎什么都夹。我总是感到中秋节是北京人发明的一个节日，因为北京曾是元朝的大都。元大都的城墙遗迹，就在我曾经住过的小西天附近，那上边有很多树。如果在秋天的下午，站在元大都城墙上的树林子里，也许会更多地感受到一些北京秋天的美丽吧。也许我应该去一次，为了这篇文章。

现在，距离中秋节还有一个月，月饼大战就拉开了序幕。月饼花样繁多得令人无所适从，看起来都很精美，但味道一般。我知道我也像鲁迅先生笔下那个九斤老太一样，不能对现在的食物给予公正的评价。其实，现在的月饼使用的材料绝对比过去的材料高级，味道也应该好于以往，感到不好吃，不是月饼的问题。其实，最精美的还不是月饼，而是包装月饼的盒子，那真是金碧辉煌，好似一座座宫殿。我实在不明白为什么要用如此精美的盒子包装吃的东西。我每年都要为如何处理空月饼盒子发愁。人类真是自找麻烦的动物，科学越发展，人类面临的麻烦就越多。

北京的秋天最为著名的地方就是香山，而香山的名气多半是因为那每到深秋就红遍了山坡的树叶。长红叶的树木多半是枫树。我猜想，当年曹雪芹曾经爬上过香山观赏过红叶，纳兰性德也上去过，许多达官贵人、社会名流也上去过。周作人在那附近的庙里住过很长时间，写出的文章里秋气弥漫，还有一股子树叶的苦涩味道。我在北京生活了近二十年，始终没去过香山，但似乎对那个地方并不陌生，那漫山遍野的红叶在我的脑海里存在着。如果真去了，肯定失望。我知道看红叶的人比红叶还要多，美景必须静观，热闹处无美景。

现在是北京秋天的一个下午，我打破下午不写作的习惯，坐在书桌前，回忆着古人关于秋天的诗句来结束这篇文章："八月秋高风怒号，卷我屋上三重茅。""秋风忽洒西园泪，满目山阳笛里人。""枫叶纷纷落叶多，洞庭秋水晚来波。"……古人有"悲秋"之说，大概是因为秋天的景象昭示着繁华将逝，秋天的气候又暗示着寒冷将至，所以诗中的秋天总是有那么几分无可奈何的凄凉感。但也有唱反调的。李白就说："我觉秋兴逸，谁云秋兴悲？"刘禹锡说："自古逢秋悲寂寥，我言秋日胜春朝。晴空一鹤排云上，便引诗情到碧霄。"杜甫说："无边落木萧萧下，不尽长江滚滚来。"黄巢说："待到秋来九月八，我花开后百花杀。"毛泽东说："万木霜天红烂漫，天兵怒气冲霄汉。"但即便是反调文章，也没有把悲变为喜，只不过是把悲凉化为悲壮而已。

（2001 年 8 月 25 日下午）

马　蹄

文论：我以为各种文体均如铁笼，笼着一群群称为"作家"或者"诗人"的呆鸟。大家都在笼子里飞，比着看谁飞得花哨，偶有不慎冲撞了笼子的，还要遭到笑骂呢。有一天，一只九头鸟用力撞了一下笼子，把笼内的空间扩大了，大家就在扩大了的笼子里飞。又有一天，一群九头鸟把笼子冲破了，但它们依然无法飞入蓝天，不过是飞进了一个更大的笼子而已。四言诗、五言诗、七言诗、自由诗、唐传奇、宋话本、元杂剧、明小说。新的文体形成，非朝夕之功，一旦形成，总要稳定很长的时期，总要有它的规范——笼子。九头鸟们不断地冲撞着它扩展着它，但在未冲破笼子之前，总要在笼子里飞。这里边也许有马克思的辩证法吧。

我们这些独头鸟，能在被九头大师们冲撞得宽阔畸曲的散文的笼子里扑棱几下瘦翅膀子就足矣。

从新开辟的旅游胜地索溪峪山的"不吹牛皮"饭馆出来，正是正午。山间白气升腾，石路上黄光灼目，不知太阳在哪里。只觉得裸露的肌肤如被针尖刺着，汗水黏黏滞滞地不敢出来，周身似乎涂上了一层黏稠的胶水。往年与家兄见面时，其总是大言湖南之热，吾口虽诺诺，心中其实不以为然。因为从天气预报中知道，长沙的温度比起北京也高不了多少，有时甚至还不如北京高，而我在北京多年，并没有感到北京的夏天有什么难熬的。现在自然是知道了，初到长沙那天中午就知道了。我见到长沙街头的摊贩，一个个无精打采，面如醉蟹，行人都垂头疾走，不及顾盼。搭乘长沙至常德的长途汽车，车过湘江大桥时，见江水混浊如开锅的绿豆汤，几十只白船黑舟死在水上。江面上泛起黏稠的灰黄色光线，全无当年读毛主席诗词名篇《沁园春·长沙》时那种清澈见游鱼、飒飒闻树响、轻清出世傲天下小的感觉。也许是季节不同的关系吧。那边，著名的橘子洲宛如一个耐热不过而剥去绮罗遍身黏汗躺在江上的女人，但愿寒秋来到时，她会用火红的锦绣把自己装扮起来。我应该找一个秋天到湖南的机会。

"不吹牛皮"饭馆的老板娘在二两一碗的面条里，加上了足有一两辣椒，唏嘘不止，如咽烈火。出了饭馆，还是觉得五内如炉，流出的汗水似乎都是暗红色的，每一个毛孔都在发烧。新辟之地，道路崎岖，我们要到十里之外的地方去乘车，幸好这十里路从一条山峪里穿过，据说山峪里风光秀丽，似天堂景色。喊一声走，大家便一起开步。进峪数百步后，回头望那"不吹牛皮"饭馆，见廊檐下那块火红的大布幔像张牛皮一样地挂着，想起饭馆内壁上挂着的那些"妙手回春""华佗在世"之类的锦旗，心中惶然。

过了湖南的三条江，走了湖南的三座城，爬了湖南五架山，在落满了黄尘的长途汽车上，见道路两边山峦起伏，树木蓊郁，大自然犹如一头正在沉睡的猛兽。我觉得湖南尤其是湘西的大自然是有着自己的性格的。这种性格就像染了人血的远古的陶器一样凝重朴拙，荒蛮辉煌。想起多年前，诸多三湘风流子弟，从这里走出去，进入了世界大舞台，在那里叱咤风云，呼风唤雨，翻天覆地，双脚一抖地球都要哆嗦，那股子牛气劲儿，真是令人神往。

走进了十里画廊，微微有了些风，汗毛见了凉风，根根直立起来。听说这个画廊里有条小河，但久走不到。路的右边有一条河沟，沟里晒着一片片大大小小的鹅卵石。卵石上生着一层白色的碱花，很像在卤水里浸泡过的巨大的鸡蛋。我想，这条河沟也许就是河了。我看到左边的峭壁上有一些泪珠般的细流在滴答。同行者有伸出舌头去接水喝的，我亦仿效。水微咸，浸透了大山的悲哀。初从山上窄不容脚的小路上下来走这平坦的道路，双脚受宠若惊，下意识地高抬低放，从别人的走相上看到了自己，不由齐笑起来。疲乏加上炎热，笑得艰难。然而山峪里的风景的确是美不胜收，一座座山峰突兀壁立，奇形怪状，不可以语言描画。同行中有善比喻者，指东指西，命此山为苍狗，命彼山为美人，我凝视之，觉得都似是而非。其实山就是山，命名多半只有符号的意义，硬要按名循实，并且要敷衍出几个大同小异的故事，几同对大自然的亵渎。

渐走渐深，树木从两侧的山壁上罩下来，郁郁葱葱中，我只认识松树，余皆不识名目，实在是孤陋寡闻。我恍然感到，在诸多的树木中挺立着的松树可怜地望着我，而那些我叫不出名字的树木，则仿佛在闭目养神，对我表示着极大的蔑视。我被这蔑视压得弓腰驼背，气喘吁吁。树上时时响起蝉鸣——我拿不准这是不是蝉鸣，旁边一个身背画夹的小个子姑娘也许是个本地人，她说是蝉鸣——蝉鸣声犹如北方池塘里蛤蟆的叫声，圆润潮湿，富有弹性，就算是蝉鸣吧，那这蝉鸣里也有沉郁傲慢的性格。沉郁傲慢的湖南山水树木孕育出来的蝉也叫得隔路，我想这种鸣叫起来像蛤蟆的蝉是能够吃掉螳螂而绝不会被螳螂所吃掉的。我又想，这里的蝉如此隔路，难道这里的螳螂就会甘于平凡混同于外地的螳螂吗？这里的螳螂也许能够一刀斩断妄图吃它的黄雀的脑袋，问题是这里的黄雀难道就会是一般的黄雀吗？真不敢想象，如果没有这样的仿佛用血涂抹过的、古陶般的大自然的性格，会有绚丽的楚文化。湖南作家韩少功在《文学的根》里试图寻找绚丽的楚文化的流向，他听一个诗人说楚文化流到湘西去了。我想，假如湘西不是如此闭塞，假如湘西高楼林立，道路纵横，农民家家有轿车，有钢琴，文化大普及，生活大提高，楚文化还能在此潴留吗？如此一想，竟有些可怕，原来保留传统文化是要以闭塞落后为前提的啊。各种古老的习俗传统，流传日久，尤其是赖以产生的政治经济条件、地理风貌发生变化之后，大都失去了原来的庄严和辉煌，变成了一个空壳，正如五月里赛龙舟，戴着电子表的船工们，所体会到的究竟是什么呢？假如此说成立，那就坏了，湘西毕竟不可能长此闭塞落后，如有朝一日先进开化之后，绚丽的楚文化不是又断流了吗？幸好，我也认为楚文化是一个内涵既深且广的概念，它的一部分确实潴留在了湘西的某些"深潭"里，表现为一些古老的风俗习惯，一些图腾崇拜；另一部分如屈原的作品，则早已汇进了汉文化的滔滔大河，滋养了不知道多少代中国人，甚至变得像遗传基因一样想躲都躲不掉呢！

这时，听到后边一片的马蹄声响，急忙回头看时，见有七八匹马遭人骑着，五颜六色走进来了。众人跳到路边，一时忘了热，惊讶地看着这个马队。马有黑，有黄，有一匹枣红，无白。突然想起"白马非马"说，哲学教科书上说公孙龙是个诡辩者，

"白马非马"说也不值钱。我却于这些教科书背后,见公孙龙两眼望着苍天,傲岸而坐,天坠大石于面前,目不眨动。"白马非马"就是"白马非马",管他犯了什么逻辑错误,仅仅这个很各色的命题,不就伟大得可以了吗?几十年来,我们习惯用一种简化了的辩证法来解释世界,得出的结论貌似公允,实则含有很多的诡辩因素,文学上的公式化、简单化,恐怕与此不无关系吧。我认为一个作家就应该有种"白马非马"的精神,敢于立论就好,先休去管是否公允,韩少功说楚文化流到湘西去了,那就让他流去好了。他自有他的藏在字面后边的道理,别人难以尽解,自然随笔议论几句当作一种思维训练也未尝不可。谁要对作家的立论执行形式逻辑的批判,谁就有点板——其实尽可以将想法藏在心中——各想各的"拳经"。

我想着自己的"拳经",双眼却直盯着那几骑看。马儿越走越大,俱是口吐白沫,身上汗水晶亮,马蹄铁敲击着卵石,短短促促地响。马似走得轻捷,骨子里却是忧郁和不平,它们麻木、呆板,已经失去了马身自由,骑马非马也。《庄子·马蹄》曰:"马,蹄可以践霜雪,毛可以御风寒,龁草饮水,翘足而陆,此马之真性也。虽有义台路寝,无所用之。及至伯乐,曰:'我善治马。'烧之,剔之,刻之,雒之,连之以羁馽,编之以皂栈,马之死者十二三矣。饥之,渴之,驰之,骤之,整之,齐之,前有橛饰之患,而后有鞭䇲之威,而马之死者已过半矣。"马本来逍遥于天地之间,饥食芳草,渴饮甘泉,风餐露宿,自得其乐,在无拘无束中,方为真马,方不失马之本性,方有龙腾虎跃之气,徐悲鸿笔下的马少有缰绳嚼铁,想必也是因此吧。可是人在马嘴里塞进铁链,马背上压上鞍鞯,怒之加以鞭笞,爱之饲以香豆，恩威并重，软硬兼施，马虽然膘肥体壮，何如当初之形销骨立也。人太残忍了，人太过于霸道于地球了。我心中忽然充满了对马上骑手们的仇恨。但是，我马上又开始否定自己。弱肉强食，是大自然的规律，在某种条件下，人类也不例外。常常见说："在万恶的旧社会……过着非人的生活……"人一旦受制于人就是"非人"，"骑马非马"也应该成立吧，在逻辑上似乎无大错。将马比人，也许是错误类比，可是我们不是天天都在进行着这种类比吗？孔夫子闻子路身被千创而死，便吩咐人将厨房里的肉酱倒掉。近来的文学作品中，不也有好多小动物被作家们擒来寄托伟大的人道精神吗？

说嘴容易实行起来难。我恨骑马者大概是因为我无马可骑。孔夫子倒了肉酱我觉得可惜。可怜小生灵的作家们有几个食素呢？说与做背道而驰，正是人类的习性。

马队走到了我们面前，一是因为问路，二是因为临近河水，英雄们纷纷滚鞍下马。他们都是光头黑脸，袒露着胸膛或是穿着汗渍斑斑的背心。脚上有穿着麻底草鞋的，有穿着高筒黑色马靴的。他们衣服的后边，都有一块圆月般大小的白布，布上墨写着一个拳大的"勇"字，或是"兵"字。有两个身背弓箭，有两个腰挎钢刀。马背着鞍桥，鞍下吊着长杆子红缨枪，或是铁柄大砍刀，及一些行李杂物。他们口音与湘人迥异，不知是哪路草莽。

牵枣红马的小伙子像是一个小头目，身体修长，眉清目秀。枣红马遍体璎珞，颈下挂着一串铜铃，发出叮咚之声。他左手拉着马，右手按着刀鞘，狼行虎步般地来到我的面前。我惶然不知所措，却见那小伙子嫣然一笑，露出一口结实的微黄的牙齿，问我："同志，去招待所是走这条路吗？"我慌忙答对。一牵黑马、脸上有疤的小伙子说："大文，还有烟没有啊？借支过过瘾。"
"什么借？光借不还。"枣红马小伙子说着，但还是从兜里摸出了
两支烟，自己叼上一支，递给讨烟者一支。蓝色的烟雾从他们的
鼻子嘴巴里喷出来。马在他们身边，打着焦躁的响鼻，用力弹着
蹄子，尾巴抽打着飞蠓，马头向着河水那边歪过去。河水像翡翠
一样绿，突然从大山的缝隙里流出来，泛出冰凉的惬意。枣红马
小伙子说："弟兄们，不要急着给战马饮水，走一会儿，等落了
汗再饮。"小伙子让我吸烟，我说不会。他看到了我面前的校徽，
就此搭上了腔，聊得很是投入。大家一起往山外走，正走在十里
画廊里。因为有了河水，风景才真正地有了灵气。大家都跟着马
队走，闲聊中，才知道潇湘电影制片厂正要在此地拍摄一部大
戏，《天国恩仇记》，他们是从河南雇来的群众演员，扮演着曾国
藩的湘军，刚刚在西海与"太平军"大战了一场，"湘军"无一
伤亡，倒有一员"太平军"的大将硬在马上摆英雄姿态不慎落
马，摔折了一只胳膊。大家齐笑。话到深处，小伙子说，他们报
酬微薄，从河南跑到湖南，骑着自家拉车耕田的马，马胤得拉
稀，人颠得骨离，要是为了挣钱，鬼才来呢，为着热闹，为着开
心，权当骑马旅游吧。他说，一跨上战马，披挂起来，就感到天
不怕地也不怕，一股子英雄气在胸中沸腾，见到了那些坐"地鳖
子"的大官心中也没有怯意。在家乡时，乡长吆喝一声腿肚子都
打哆嗦。现在想想，怕他个啥？人的身份，就像这身披挂一样，
脱光衣服进了澡堂，再大的官也威风不起来。你信不信？你不
信，反正我信。他说我是当过兵的，内务条令规定，在澡堂里，
士兵可以不给首长敬礼。我们一个班长是个马屁精，在澡堂里见
到连长，啪的一个立正，敬礼。连长大怒，一脚就把我们班长踹

到水池子里了。他还说，他扮演的是"湘军"的一个小头目，老是挨打，剧情这样规定的，没有办法。

他和伙伴们在河边饮马，河水凉得马唇上卷。饮毕，他飞身上马，昂首挺胸，铠甲鲜明，嘴里发出拟古之声，拱手与我等告别，发一声喊，双腿一夹，枣红马就撒欢儿跑。山路上石棱突出，缝隙纵横，马跑得歪歪斜斜，很是拘谨。但瘸马胜过健驴，我们只能步他们的后尘了。

马队跑出去约有一箭之地，就见那匹打头的枣红马跌翻在地，马上的骑手一头栽进了路边的灌木丛中。众骑手纷纷下马，枣红马上的骑手也从灌木中钻出来，狼狈不堪，像个败兵。我们匆匆赶过去，见骑手们有蹲着的，有站着的，围着那匹枣红马看，脸色都很沉重。枣红马上的骑手双手捧着一只马蹄，嘴巴半张，面色如土。那匹马还想挣扎着站起来，但它已经站不起来了。它的一条后腿在石缝里扭断了，鲜血像喷泉一样从它的断腿处一股股地涌出来。我忽然想起，1976年我在黄县当兵时，跟我们班长去罗山煤矿拉煤，也是一匹枣红马，是拉长套的，很年轻的一匹骒马，怀着驹子，长相健美。在横穿一条废弃的铁路时，不慎把一只后蹄伸进架空的铁轨，齐齐地断了。但那匹枣红马始终站着，那条断腿像拐棍一样点着地面。当时，我们班长手捧着马蹄，放声大哭。这只马蹄的印象在我的脑海里盘旋了几十年，我想在合适的时候，我要把它写成一部小说，题目就叫《马蹄》。

(1985年9月)

天堂里的房子

我不懂建筑，但就像不懂音乐的人也可以听听音乐一样，就让我这个不懂音乐也不懂建筑的人，在江南的丝竹声中，写这篇关于建筑的文章。如果让我写北方农村的建筑，茅屋草舍、牛棚马厩，那没有问题——别说是写，让我动手盖也能盖起来——但要让我写江南的建筑，尤其是杭州的建筑，真是有点心怯手软。杭州是什么地方？是天堂啊。天堂里的建筑，天堂里的风景，想一想就眼花缭乱，何况写！

去过几次杭州，印象自然是十分美好，生活在这里的人民，都是有福之人。外边来的人，流连在湖光山色、亭台楼阁之中，除了感慨与赞叹，大概也没有什么比风景更好的话可说。有人说杭州的美全在西湖，如同说美人的美全在眼睛，并不全面。如果杭州仅有一个西湖，没有那些多姿多彩的房子，西湖也就不美了。西湖因为有房子而美，房子因为有西湖而雅。我知道西湖边上的房子，有些是无价的，即便是仅能在房中看到西湖的房子，也是高价的。没有办法，天下只有一个西湖。世界上许多大城市，房价都是惊人的贵，贵到一定程度，就酿成了泡沫经济，但杭州的房子虽贵，却是物有所值。即便是那些看不到西湖的房子，也被西湖的水汽滋润着，因此也应该贵。其实杭州除了西湖，还有一条钱塘江，能在房中看到江，也是了不得的美景，这

样的房子也应该贵。即便是看不到湖，看不到江，杭州还有许多
绿树葱茏的山，能在房中看到这样的山，也是好房子，也应该
贵。即便是看不到湖，看不到江，也看不到山，也总能看到那些
能看到山看到江看到湖的房子，这样的房子也应该比别处贵一
些。所以，杭州的房地产开发商也是有福的人。

杭州的房子，要尽量地养眼，充分地利用那山那江那湖，还
有那些与浪漫故事联结着的塔。要让人在房子中，面对着窗户
时，能看到点赏心悦目的东西。

杭州的房子，应该有那个卞之琳的诗的意境："你站在桥上
看风景，看风景的人在楼上看你。明月装饰了你的窗子，你装饰
了别人的梦。"你在看别的房子，别的房子也在看你，互相成为
对方的风景。这就要求，杭州的房子造型应该别致，色彩应该明
快，至于里边的结构，那是另外的问题。

前不久我应《每日商报·闲周刊》之邀，去杭州参加了一个
题为"浮生半日闲"的活动，其间曾填歪词一首："一杯新茶一
支烟，浮生难得半日闲，消闲乐为闲周刊。静坐常思马蹄急，飞
奔犹觉脚步缓，字里行间都是慢。"闲和慢，是我认为的杭州城
市风格。杭州的建筑，应该体现出一个"闲"字、一个"慢"
字。悠悠闲闲，休闲，消闲，端着茶杯叼着烟，明窗净儿，品味
生活。至于盖房子，慢慢盖，不要着急，把活做细，追求个千年
百年，不要匆忙，盖起来又后悔。世界上许多名城，都是慢慢建
好的，几百年无大的变化。所谓日新月异，并不是什么好事。杭
州应该是贵家小姐的风格，淡雅而温馨，不应该是交际花，浓妆
重彩，俗气逼人。

一座城市的房子，应该有自己的风格，但也不必完全统一。

有时候，搞一点奇奇怪怪的东西，反而会成为风景，时间长了，也就成了名胜，譬如悉尼的歌剧院、巴黎卢浮宫广场上的玻璃金字塔、罗马的"打字机"楼。有人批评新建雷峰塔太洋化，我看挺好，时间长了，这塔就会融入风景，慢慢地让你习惯。

房子是让人住的，但更是让人看的，尤其是杭州这样的观光城市，每一座房子，都不能马虎。

地皮是有限的，有些无特色的楼，可以慢慢地拆掉，换成有特色的新建筑。但千万不要搞什么大广场，大广场不太适合杭州。

杭州还应该更多地栽树，尽管树已经不少了。杭州的灵气，得之于湖、山、江，也得之于树。看不到湖、山、江，让他满眼绿树，也是好景。某城有一个有心计的人，买到旧房子，就在门前栽树，然后出卖，房子增值多多。

其实，杭州的房地产开发商，远比我聪明，他们什么都想到了。

我许多次从飞机上往下看杭州，心中总是百感交集。为什么呢，恨不生为杭州人吗？也许。

（2003 年）

神秘的日本

梶井基次郎的柠檬

我是第一次踏上日本的国土，尽管在此之前，在我的小说里，已经有了很多关于日本的山川河流、风土人情的描写。那是完全的想象，闭门造车。来到日本后，发现我的想象与真实的日本大相径庭。我小说中的日本，是一个文学的日本，这个日本不在地球上。

这次短暂的日本之旅，可以说是一次文学之旅，更可以说是一次神秘之旅。

前天我们到达伊豆半岛中央那个有很多温泉和旅馆的地方时，正是黄昏时刻。暮色苍茫，深不可测的猫越川里水声喧哗，狭窄的道路两旁生长着许多湿漉漉的大树和攀缘植物，我感觉到那里边活动着很多神秘的精灵。驹泽大学的釜屋修先生首先带我来到了汤本馆——这是当年川端康成写作《伊豆舞女》时居住的地方，一个小小的旅馆。釜屋修先生不知用什么样的花言巧语说服了那个看门的老太太，使她允许我参观川端康成居住过的房间。我坐在通往那个著名的房间的楼梯上照了一张相，然后还坐在川端康成坐过的垫子上照了一张相，想从那上边沾一点灵气。

我知道楼梯是真的，但坐垫肯定是假的。这是一个小小的但是十分雅致的房间，与川端康成的气质十分的相似，我感到这个房间好像是为他特意布置的。

从汤本馆出来，走过一段弯曲而晦暗的山路，就到了梶井基次郎写作《柠檬》时居住的小旅馆。梶井是一个少年天才，写完了《柠檬》不久就吐血而死。据釜屋修先生说，《柠檬》是一部才华横溢的作品，可惜至今还没有中文译本，而大多数的日本人也不知道有这样一个作家曾经写过这样一部作品。釜屋修先生说，在七十多年前，这个地方还没有电，也不通车，人烟稀少，冷僻荒凉。每天晚上，梶井都顶着满天的星光或是月光，沿着曲折的山路，到汤本馆去，与川端康成谈论文学，谈到深夜，一个人再走回来。我想知道川端康成会不会送送这个面色苍白的青年呢。在深夜的星光闪烁的曲曲折折的山路上，行走着一老一少两个文学的精灵。釜屋修先生说他不知道，文献上也没有记载。但我心中固执地认为一定有过这种情景，这是一种感人至深的情景。釜屋修先生说，梶井死后，为了纪念他，日本的作家们就设了一个柠檬节，在每年的梶井忌日召开，到时会有很多日本作家从各地赶来参加。但现在这个节好像日渐衰微，人们已经忘记了梶井，也忘记了他的《柠檬》，当然也就不会有多少人远路风尘地来参加这个柠檬节了。

出了梶井的旅馆，沿着陡峭的小路，爬上山包，釜屋修先生带我去看梶井的坟墓。在山包上，还能看到一缕血红的霞光照耀着孤零零的墓和墓前紫色的石碑。石碑的顶端，有一个金黄的东西在闪闪发光。是一颗柠檬。釜屋修先生惊奇地说，这个季节哪里来的柠檬呢？而我在想：是什么人赶在我来之前放上了这颗柠檬呢？

川端康成的幽灵

　　当天夜里，我们下榻在距离汤本馆不远的绿色天城旅馆。这家旅馆的规模比汤本馆大一点，现代化的气息浓一些，但旅客寥寥，似乎只有我们几个人。晚饭之后，各回寝室，熄灯就寝。隔着窗户，听到猫越川里的流水声愈加响亮。几分寒意、几分怯意伴随着我进入梦乡。深夜起来解手时（这家饭店的房间里没有卫生间），我拉开门，一阵凉风扑面而来，风里似乎还有一股浓烈的脂粉香气。我的心中不由得一阵紧张，似乎是害怕，但更像是兴奋。当我穿越长长的走廊走向卫生间时，听到在身后的楼梯上，响起了一阵清脆的木屐声。我驻足等待，望着那楼梯的出口，希望能看到一个像白莲花一样不胜凉风娇羞的日本美人从那里出来。但没有人出来，木屐声也消逝了，只有猫越川里的流水在响亮着，好像那木屐声从来就没有出现过，出现的只是我的幻觉。我带着几分遗憾进入卫生间。卫生间里有不少的间隔。我推门进去时，就听到抽水马桶哗哗地一阵响。如果说刚才从楼梯口传来的木屐声是我的幻觉，那这次，马桶的响亮水声，绝对是真实的。听，那排过水之后的抽水声还在继续着。这说明卫生间里有一个起夜者，他很快就要走出来的。但一直等我离开卫生间时，也没有人从那个水声响亮过的间隔里走出来。当我冒着冒犯别人的危险拉开那个间隔的门时，结果你们应该猜到了，里边什么人都没有。回到房间后我再也没有睡着，一直侧耳听着外边的动静，但除了川里的水声，再无别的声响。后来，临近天亮时，从很远的地方，竟然传来了几声公鸡的啼叫。这又是一种让我感慨万端的声音。我已经有多少年没有听到公鸡的叫声了，我一辈子从来也没有在这样的环境里，在这样幽静的、神秘的凌晨听到从遥远的、仿佛隔了几百个岁月的地方传来的公鸡的叫声。我想起了"鸡声茅店月，人迹板桥霜"的意境，想起了偷鸡的时迁、给顾客烧汤的店小二，想起了刺配沧州的林冲。在那个时代里，鸡是人家的报晓钟，洗脚水不叫洗脚水，叫"汤"，洗澡水肯定也叫"汤"，川端康成先生住过的那家旅馆不就叫汤本馆吗？我住的旅馆的底层有一个非常不错的温泉澡堂，头天晚上我们几个人一起去泡过。里边蒸汽缭绕，汤从石缝里咕嘟咕嘟地冒出来，澡堂里充溢着一股浓烈的硫黄气味。反正已经睡不着了，天亮后就要告别伊豆，当然也就告别了可爱的温泉，何不再去泡他一汤呢？

我一个人下楼进了澡堂，因为没有人，我连温泉和更衣室之间的推拉门也没关。我躺在热水里，迷迷糊糊地想着夜里发生的事情，这时候，面前的推拉门无声无息地合上了。我以为是旅馆的工作人员帮我拉上了门，但门是无声无息、缓缓地合上的，根本就没有人。我回去和同来的朋友说起这件奇遇，他们不相信。他们说可能是电动的感应门，但下去考察之后，发现根本不是什么电动门，而且显然是很少关过，用手推着都有些费劲，并且发出咯咯吱吱的响声。接着，我们去吃早饭，吃饭时又说起这件事，朋友们还是不信，以为我是在装神弄鬼，但正在这时，摆放在我面前的一双联结在一起的一次性木筷子"啪"的一声裂开了。这件事就发生在大家的眼皮底下，但他们还是不愿意相信。

我愿意相信，从夜里到早晨发生的这些事情，如果不是川端康成先生在显灵，就是那个小舞女熏子（《伊豆舞女》中的女主角）在显灵。

井上靖的雪虫

昨天上午，釜屋修先生带着我们参观了井上靖的故居，还有他就读过的小学校。在学校后边的操场边上，立着一块井上靖亲笔题写的诗碑。词儿自然是精彩，但可惜我把它们忘记了。学校前边的水池边上有一组雕塑。左侧是一个大脑袋的小男孩，身上背着一个包袱，手里举着一片枫叶，脸仰着，似乎是在追赶他的雪虫（井上靖有一篇著名的小说，题目就叫《雪虫》）。据釜屋修先生说，这是一种非常美丽的虫子，每当深秋枫叶红了的季节，在黄昏的时候，就会出来飞舞，像纷纷飘扬的雪片。后来在伊豆的"森林·文学"博物馆里，我见到了雪虫的标本，那是一种透明的小飞虫，果然十分美丽。据说井上靖少年时期，放学回家的路上，就追赶着飞舞的雪虫奔跑，他的《雪虫》写的就是童年时期的一段生活。在男孩雕像的右侧，塑着一个老奶奶，这或者是井上靖的母亲，或者是他的奶奶。她坐着，举起一只手，既像召唤孩子回家，又像鼓励孩子远行。这组雕像让我十分感动，我感到仿佛回到了自己的少年时期，仿佛看到了少年的井上靖在放学回家的路上，手持枫叶追赶雪虫的情景。

回到东京的晚上，釜屋修先生打电话到旅馆，告诉我他也有一个神奇的遭遇：他回家打开报纸，一眼就看到了一篇关于伊豆半岛的雪虫的文章，而且还配着一张照片。文章里说，这种神奇的小飞虫，几十年前在秋天的黄昏时漫天飞舞，但现在已经绝迹了。至此，我的脑子里已经有了三篇小说的题目：第一篇是《梶井基次郎的柠檬》，第二篇是《川端康成的幽灵》，第三篇是《井上靖的雪虫》。

东京街头的狐狸姑娘

昨天晚上到了繁华喧闹的东京，我在伊豆半岛酝酿出的文学灵感就逃逸了三分之一。晚上到了新宿的街头一看，那种伊豆式的优雅文学灵感就只剩下十分之一了，因为大街上活动着许多狐狸一样的姑娘。她们染着五颜六色的头发，穿着比京剧演员的朝靴还要厚底的鞋子，脸上沾着许多小星星，嘴唇涂成银灰色。她们脸上的星星和她们的嘴唇在电灯照耀下闪闪发光。她们脸上的表情和她们的动作行为都让我联想到狐狸。这时，跑掉的小说灵感又回来了，当然这已经不是伊豆式的灵感，而是东京式的灵感。我的第四篇小说的题目也有了：《东京街头的狐狸姑娘》。

在东京除发现许多狐狸姑娘之外，我还在大学的门前发现了一群乌鸦青年。他们都穿着漆黑的衣服，头上戴着明檐的黑色帽子。他们在大街上游行时，我还没把他们和乌鸦联系在一起，只是当他们游行完毕，当一个新生为他们的学长，也是校旗的旗手卸下身上的皮带时——那个新生在为学长卸皮带前后都要连连鞠躬、哇哇怪叫——我突然地感到，他们与乌鸦是那样的相似。不但嘴里发出的声音像，连神态打扮都像。我想《大学门前的乌鸦少年》应该成为我的第五篇小说的题目。

我发现好像日本的年轻人都在马路上玩耍，女的变成了狐狸，男的变成了乌鸦，而日本的老人却在努力地工作。高速公路上收费的是老年人，维修道路的也是老年人，开出租车的是老年人，收垃圾的也是老年人，研究中国文学的更是老年人。我想这也许是日本的一种崭新的人生哲学：年轻时就拼命玩，玩不动了就开始工作。

废话说得太多了，下面我想应该谈谈严肃的文学问题了。

昨天中午我与釜屋修先生和毛丹青同志一起穿越那条因为被川端康成在小说里描写过而著了名的天城隧道时，正好与沼津中学的一群女孩子同行。穿越隧道时大家都不约而同地发出了尖叫，使出吃奶的力气发出各式各样的尖叫。其中一个女生的尖叫持续了足有三分钟。她的尖叫大致可以分为三节，前边是兴奋的尖叫，中间是忧伤的尖叫，结尾是疯狂的尖叫。一声尖叫可以分成三段，包含了三个深刻的人生的主题。现在我的第六篇小说的题目又产生了：《女中学生的尖叫》。

其实在穿越隧道的时候，我想得最多的还是川端康成的《伊豆舞女》。我这次去伊豆之前有一个美丽的梦想，那就是希望能在那里遇到一个像熏子一样美丽动人、情窦初开的艺伎，但我跟熏子的幽灵擦肩而过，却跟一群与熏子年龄相仿的女中学生结伴而行。隧道还是那条隧道，姑娘还是那样年轻的姑娘，但生活已经发生了翻天覆地的变化。

(1999 年 10 月在日本驹泽大学的演讲)

俄罗斯散记

一、草　　原

1993年7月，我在边城满洲里采访时，曾化名王家宝，跟随一个旅游团，进入俄罗斯境内待了二十四小时。

我对俄罗斯的城市不感兴趣，更不想进去采购什么东西，跟随旅游团进入俄境的主要目的就是想看一看俄罗斯的草原。我们这边也有草原，但这边的草原与我想象中的草原大不一样。我想象中的草原应是辽阔无边的，应该是草浪追逐、牛羊隐没其间的，应该有无数的鲜花点缀在青草丛中，应该是上有百鸟鸣啭、下有清清的河流蜿蜒的。可是我看到的草原颜色枯黄，草棵低矮，还有一块块的"斑秃"，好像癞痢头似的。没有风吹草低，牛羊却很多，一群连着一群。贫瘠的草原瘦弱的草，它们如何能吃饱呢？也没有我想象中的五色的，大的比拳头还大、小的比米粒还小，点缀在绿草间、伸展到天边去的花朵。有河流，但河里多半没有水，有点水也是浑浊如泥汤。有鸟，但数量很少，它们显然很寂寞，有的在路边独步，有的在天上悲鸣。尤其糟糕的是一条宽阔的柏油马路把本来就不甚辽阔的草原劈成了两半，路边上竟然也有一些插着酒旗的店，有的店前，散乱地扔着三五颗血肉模糊的羊头，招引得苍蝇嗡嗡飞舞。到哪里去寻找我梦中的草原呢？满洲里的朋友说，到那边去看看吧，那边的草原也许能让你满意。

越过国境线，汽车沿着颠颠簸簸的土路，直插进俄罗斯。我看到土路两边牧草没膝，野花烂漫；一望无际的草原上，看不到一只牲畜，更看不到一个人。夜里好像刚下过雨，路面上的坑坑洼洼里，积存着淡黄色的雨水；路边的沟里，积水很深，无色而透明。而我们那边，夜里并没有下雨，干旱的草原上几乎要飞扬尘土。只隔着一条国境线，无论天还是地，竟有如此大的差别，这让我感到惊讶。我问同车的满洲里朋友，这是怎么回事呢？朋友道，我们那边的草原载畜量过多，远远超过了"负荷"，我们的草原是疲惫的草原。而这边的草原载畜量过小，草都长疯了。我问，我们为什么不把载畜量弄得小一点呢？朋友道，难道这个问题还需要我来回答吗？是的，这个问题的确不需要回答了。

车越往里深入，人烟似乎越稀薄。野草狂妄地长到了路上，路的轮廓越来越模糊。草原茫茫，望不到尽头，天底下只有我们的汽车在笨拙地爬行。不时有肥胖的野兔和老鼠横穿道路，它们的态度很从容，一点也不显惊恐。在我们头上，那些鸟儿，在灿烂的阳光里，有的盘旋，有的上蹿，有的降落，都热烈地鸣叫着，好像刚下课的小学生。远处有线条浑圆的山岭，与草原一色，这说明山岭上也生长着茂盛的青草。横躺的山脉像丰腴的女人，突兀的山包像硕大的苹果。俄罗斯草原沉重缓慢的呼吸我已经感觉到了，托尔斯泰、屠格涅夫、契诃夫、果戈理、肖洛霍夫等俄罗斯伟大作家的身影也依稀可辨了。因为我读过他们的书，曾被他们书中描写过的草原感动，所以我的心中有一种特殊的感觉。尽管他们笔下的草原未必是我脚下的草原，但我宁愿这草原是那草原。是的，这草原就应该是他们的草原，而他们的草原就是全人类的草原。

时近正午，车停。我们弯着腰下了车，男女分开，到路的两边去，为俄罗斯的草原施肥，然后伸着懒腰，呼吸着让人醺醺欲醉的空气，心情舒畅，感慨万千。眼睛贪婪地往近处看，往远处看；低头看草，抬头望天；真好，大自然；真遗憾，这里不是祖国，这里不是家乡。遥想到荒凉的月球、火星、金星、木星……茫茫宇宙中，有这样一个小小的地球，绿得像宝石，上边有这样美丽的局部，作为一个人，我，原本也是一堆互不相干的元素，金、银、铜、铁、锡……极其偶然地组合成一个能呼吸、能思想的生命，真是幸运，无怪乎人们感叹：活着真好，生命可贵；草是奇迹，木是奇迹，花是奇迹，鸟是奇迹，我是奇迹中的奇迹。如此一想，遗憾不成遗憾，感慨不算感慨……旅游团的领队喊，喂！上车了！

但司机却发动不起来汽车了。他将鸭舌帽砸在车座上，骂骂咧咧地跳下车。咄！他说，跑累了，不想动了？那也不能在这里歇呀！司机掀开车盖板，探进头去，不知捣鼓什么。大家等了几分钟，都不着急。又等了几分钟，有人着急，开始嘟哝。领队下去，趴在司机身边，问一些外行话，表示关切，司机也不甚搭理。半个小时过去，人们焦虑起来，嗡嗡地议论，有些话很难听。司机满脸是汗，腮上抹两道油污，瞪着大眼，脾气大发，这是怎么个说话法？谁愿意它坏？老爷车，早该退休，老干部似的，赖着不退；也不是它不想退，是我们局长不让它退，我们局长谷糠里榨油，你们有能耐的回去抽他去，跟我说啥也没用。又有人说难听的，司机道，愿等就等，不愿等就自己走！说完还用拳头猛砸了一下车盖板，咚！吓了众人一大跳。四顾草原茫茫，前不见俄人，后不见同胞。这是真正的前不着村，后不着店，况且还在别人的国土上。人们考虑到这个现实，都乖乖地闭了嘴，心急如焚，却装出悠闲的模样，等着。有人吹起无聊的口哨；有人把头往后一仰，闭上眼；有人递给司机一支烟，讨好地说，师傅，慢慢修，我们等着，不着急；有人下了车。我在下车的行列中。

起初我们还不敢走远，生怕被那牢骚满腹的司机给甩掉。但到了下午三点，车还没修好。领队跟司机大吵了一架，气得小脸煞白。司机也怒容满面，扣上车盖板，踹一脚轮胎，骂一句脏话，坐到草地上抽起烟来。我大着胆子上前问，师傅，啥时能走？他瞪着眼说，你问我，我问谁去？

于是我就放心大胆地到草原深处漫游去了。

我的裤子被柔软的草叶摩擦得窸窸窣窣作响，我的手指不时地抓一抓那些紫色的拳大的花朵。它们传达到我手上的感觉是那样的肉感：软软的、柔柔的、凉凉的……令我浮想联翩。我想到了娜塔莎，想到了阿克西妮娅……想到了那个令人难忘的割草的夜晚，葛里高利和阿克西妮娅割草的夜晚。我隐约感觉到，今夜可能要在这草原上过夜了。因为天高气爽，阳光便格外强烈。地上的湿气袅袅上升。湿气中混合着青草的气味、花朵的气味、泥土的气味，还有文学的气味。下午的草原像一个巨大的蒸笼，幸亏有一缕缕的清风从远山那边吹来，才使人不至于太难过。风过之处，草梢便美妙无比地起伏着，花朵便风情万种地颤动着，让人的心莫名其妙地伤感着，甜蜜的惆怅，淡淡的忧伤，说不清是幸福还是痛苦。就这样站定了，很久不动，眼睛望着远处，但其实什么也没看见，眼睛在心里，看着俄罗斯这个伟大民族的悲凉而不悲伤、狂放但不疯狂的性格。

傍晚时分，巨大的红日落在了柔软的草梢上，草原上的景色宛若印象派的油画，色彩凝重得化不开。小鸟们纷纷降落到草棵间，苍鹰的身影像黑色的闪电，掠着草梢滑过。此时的草原，温暖中略带点寒意。这本来是能让人身心舒畅的好氛围，但由于汽车抛锚，将人们困在这荒无人烟的草原上，前途茫茫，吉凶未卜，再好的氛围，也难被注意。几个人包围着旅游团领队，让他想办法。领队摇头苦笑，看着司机。司机说，甭看我，看我也没用。这破车，得了"心肌梗塞"，别说我修不好，上帝也修不好。你们都瞪着我干啥，想合伙吃了我？难道我不愿早早地开到红石市？灌上一瓶啤酒，往铺了雪白床单的床上一躺，那是个啥滋味？我的朋友打断他的话，伙计，你少说废话吧，总要想个法子。司机道，我说了，最好的法子就是耐心等待，等着过路的车，把我们拖回去。朋友说，总不能让我们在草原上过夜吧？司机说，在草原上过夜怎么啦？多浪漫呀！一个老姑娘模样的女人问，师傅，有狼吗？司机道，放心吧，有狼也不要紧，草原上野兔子成群，狼都撑得窗稀，你就是把自己送到它们嘴边去，它们也懒得张口。人们咧咧嘴，哭笑不得。那老姑娘一走，司机低声道，就您那肉，狼能咬动吗？我的朋友对我说，伙计，委屈你了。我说，挺好，的确很好，能在俄罗斯的草原上过夜，这机会千载难逢。朋友道，但愿你说的是真话。

太阳落下去了，月亮随即放出了光辉。起初这光辉还有些混浊，很快便清澈起来。银光闪闪，如水银泻地。草梢肃然不动，安静了一刻，四周便响彻了虫鸣。夜的草原并没有休息，而是更蓬勃地表现着生命的运动。有浪漫情怀的人捡来一些枯草，点起一堆篝火。在明月的逼视下，火苗显得软弱，像没有热度的、褪色的红绸。成群的飞虫往火里扑，烧得翅羽啪啪响。但篝火很快便熄灭了，只余下一堆暗红的灰烬。草原上潮气浓重，干草难弄，人们其实没有心思，浪漫情怀不能持久。草原一望无际，只要有车来，几十里外就能看到。大家四处看看，只见月水流动，只有草色朦胧，没有车影。这时候了，不可能再有车来。人们绝望了，嘟哝着，咒骂着，钻进车，睡去，或是迷糊着，熬这漫漫长夜。

我拉着朋友，往草原深处走去。我们分拨开茂草，简直就是拨开月光。我感到身在月光水里游。我伸出手去，抓一把，撩一下，分明感到月光的阻力，恍然听到月光水的泼剌之声。就这样走啊走，起先是清清楚楚，继而是昏昏沉沉，沉浸在幸福的麻木状态中。但我的朋友受不了了。他说，哥们，别走了，再走就到了莫斯科了。我不理他，继续前行。我知道他会厌烦，这种月下的草原漫步，腿被露水打湿，脸被蚊虫叮咬。同伴是粗鲁的男人，不是多情的少女，他理应厌烦。一切都是重复的，同样的草在摩擦我们，同样的虫鸣在喧闹我们，同样的月光在照耀我们，但我的兴趣就在这重复之中，我的幸福也在这重复之中。

我们终于在一个突起的山包上停住了。转着圈子往四处看，看到了极远处有一簇闪烁的灯火。朋友说，那就是红石市了，可望不可即。我说，老兄，老兄，我已经十分满足，感谢那司机、那破车。朋友道，我认识一个作家，为了证明自己与常人的区别，别人说臭的，他一定要说香；别人说香的，他一定要说臭。

我说那就是我。他哈哈大笑。山包上比较干燥，我们坐下来，抽了一支烟，然后躺下。小虫子钻进我的裤腿，我不理睬它们。我仰望着星空，从没见过如此灿烂的星空。在漫野的虫鸣声造出的特殊的寂静里，我倾听着星斗的声音。星斗灼灼，摇摇欲坠。流星如火，划破天穹。中国的老人们对自己的后代说：地上死一个人，天上坠一颗星。俄罗斯的老人对自己的后代说：天上坠一颗星，地上死一个人。我们头顶着同一个星空。我们仰望星空时，国界便模糊不清了。但我们到底不能永远仰着头，更多的时候我们必须低下头。我们低下头时，便面对着严酷的现实。中国的国土上人满为患，而俄罗斯的国土上人烟稀少。我们的草原载畜量过大，草原已经疲惫不堪；我们的森林在逐年萎缩；我们的耕地面积在逐年减少……尽管如此，我们还是市场繁荣、物价稳定，俄罗斯呢？你有如此辽阔的草原，你有汪洋大海般的森林，你有浩瀚的土地……可你怎么会这样穷？俄罗斯的经济现在还处在休克后的短暂昏迷中。但俄罗斯的自然条件实在是太优越了，国土如此辽阔，资源如此丰富，人口如此稀少。俄罗斯人要想富起来比起我们中国人的致富肯定要容易许多。当时我就想道：他们不会永远穷下去的。我们想用俄罗斯的暂时贫穷来证明资本主义不如社会主义是很幼稚的；同理，如果几年后俄罗斯人民富裕起来，我们也不会把这当成资本主义胜过社会主义的证明。无论什么社会制度下的人民，都是勤劳勇敢、最富有创造力的群体。只要稍稍放松扼着他们脖子的手，让他们能够呼吸；只要稍稍延长他们手铐脚镣间的链条，让他们能够劳动，他们便能创造出璀璨的文化和巨大的财富。否则，过去的世界就不可理解，现在的世界也无法解释。

第二天上午，一辆满洲里市的旅游车在我们车后停下来。人们拥上去，好像见到了久别重逢的亲人。这车上的司机与我们车的司机很熟，他问他，伙计，怎么啦？他回答，伙计，别提了，一言难尽！有绳子吗？拖上我们。他说，这怎能拖得动？我来看看，哪里坏了。他上了他的车，三扳两踹，轰的一声，发动机嗡嗡地运转起来。这不是好好的吗，你捣什么乱？他说。我们的司机纳闷地自言自语，见鬼，见鬼，活见了鬼！我们车上的旅客顿时疯了，难听的话语像雨点一样砸在司机的头上。他咧了咧嘴，满面通红，终于低下了傲慢的头。

因为我们办的是"二日游"集体护照，所以，只好调头返回祖国。

二、边　　城

第二年夏天，我又到满洲里，依然化名王家宝，跟随着一个旅游团，进入俄罗斯境内。还是那种二日游，还是去那离中国最近的红石市。这一次开车的是一个动作干练、走路像跳舞、说话像唱歌、名叫老龙的女司机。她看起来有二十岁出头年纪，皮肤很白，眉毛很黑，嘴唇很红，眼睛很大，略微翘起的唇上生着一层很浓的茸毛，如果不客气，说是胡子也可以。依然是那位朋友陪我去，他跟那个老龙很熟。老龙嘴巴锋利，妙语连珠，使我们的车里充满了欢声笑语。我们上午七点出发，中午一点便到了红石市。

汽车停在一个小旅馆前边，旅游团的领队上楼去办理住宿手续，我们便坐在楼前的石头上等候。旅馆前面的草地上坐着两个俄罗斯姑娘，一个留着长长的金发，另一个剃着小平头，头发的颜色是那种所谓的亚麻色。她们看着我们，面带着友好的笑容，不说话，静静地抽烟。我也掏出烟来，递给朋友一支，自己点了一支。女司机瞟了我一眼，凭感觉我知道她也会吸烟，赶忙递给她。她摇摇头，说："改邪归正了。"朋友道："装什么呀，抽吧，王家宝老师也不是外人。"她接过香烟，我的朋友帮她点上。她很老练地抽了一口，憋了一会，才把两道白烟，从鼻孔里喷出来。

领队办好了手续，招呼我们进了楼。房间大小不一，很不规范，但有一点相同，那就是最充分地利用了空间，把能安床的地方全都安上了床。房间尽管狭窄，但我还是感到很满意，因为那床单是雪白的，被套是雪白的，枕头巨大、雪白而且蓬松，它们全都散发着一股好闻的肥皂气味。尤其是那枕头，立即就让我联想起娜塔莎、安娜·卡列尼娜等人。她们的床头上一定也放着这样的枕头，枕头里塞着鹅毛。我们安顿下来，洗了一把脸，刚要躺到床上享受一下，领队就要我们集合去吃饭。我们的肚子这时才感到有一点饿了，便呼啦啦地跟着领队下了楼。

走出去大约有三里地，才到了一家饭馆。有人嫌远，发起牢骚来，领队说："全城也就十几家饭馆，这是最近的了。临行时我就告诉过你们，要你们最好带足干粮，你们不信，责任就不在我了。"

我们进了那家饭馆，很大的铺面里，竟然只有我们一拨客人。一个红脸膛的男人懒洋洋地走过来，很不友好地扫了我们一眼，然后咕咕哝哝地跟领队不知说了些什么。女司机懂一点俄语，她对我们说，这家伙嫌我们来人太多，不愿意接待。我感到很纳闷，哪有开饭店嫌客人多的道理呢？这也许是个国营饭店吧？女司机道，他懒，俄罗斯人都懒。我对女司机的解释不以为然。那红脸男人甩给领队一份菜单。领队对我们说，没有什么好点的，只有红菜汤、泥肠、黑面包。大家说，就是这了，让他快点。领队笑道，每人一份，一千卢布。想快是不太可能的，希望大家耐心等待。于是我们就坐等。等了足有一个小时，厨房里连一点动静也没有，那个红脸汉子连面也不露。我们望着窗外，看到宽广的马路上，车辆很少，只有一些青年人骑着摩托车呼啸而过。有的旅客等烦了，让领队去催。领队苦笑着说，催也没用。但她还是起身到厨房里去了。一转眼领队就出来了，对我们说，鬼影都没有一个。于是众人都愤愤不平地走进厨房。果然没有人，只见苍蝇飞舞的案板上放着几个西红柿，墙角上还有一堆洋葱头。女司机抄起菜刀，剁得案板啪啪响。她大喊着："瓦西里，瓦西里，你滚到哪里去了?!"那个红脸汉子从一扇小门里应声而出，身后跟着一个胖大的女人。女司机挥舞着菜刀，用半生不熟的俄语咆哮着。那男人的目光随着老龙同志的刀刃转动，嘴里咕噜着，好像是在解释。我们问领队，他说什么？领队苦笑道："他说把我们要吃饭这事给忘了。"

我们只好出去坐等。我问老龙怎么知道那男子名叫瓦西里，她说："我叫他瓦西里了吗？"过了大概半小时，红菜汤上来了。每人一钵子，颜色不红不黑，温度不凉不热，滋味不咸不淡，胡乱喝了两勺，便推到一边去。又等了半小时，主食终于上来了。每人一根灰白的肠子，两片灰色的面包。肠子是腥的，面包是黏的。爱吃不吃。我感到十分失望。我原以为能在俄罗斯吃到煮得烫手的土豆、烤得酥焦的面包、焖得稀烂的小牛肉之类美食，没想到竟然吃了这些个。读了那么多苏联和俄国小说，屡屡被书中描写的那些美食吸引得馋涎欲滴，希望太大，失望便愈深。我对一个国家或地区的印象好坏，多半是建立在该地的食物的好坏上，俄罗斯吃得太差，我对它的印象也就糟透了。

吃完这顿窝心饭走到大街上，已是半下午的光景。领队说可以自由活动了，我们便三五成群地散开了。我和我的朋友跟那个女司机在一起活动。女司机原本是要回去睡觉的，她说她已经把这个小城市的边边角角都转遍了。我的朋友说："老龙，王家宝老师是远道来的客人，你不陪一陪简直不像话，简直不够意思。"女司机看看我，说："我看王老师是个老实人，就陪一陪他吧。"大街上有不少俄罗斯姑娘，她们穿着时髦，体态优美，目光流盼生辉，开口一笑，都露出雪白的牙齿。我问女司机："老龙，这些姑娘在家里吃什么东西呢？是不是也跟我们方才在饭店里吃的一样？"女司机说："王老师，您这个问题可把我给问住了。我也不知道她们在家里吃什么东西，要不要上去问问？"我说："那样不好，人家会说我们中国人不讲文明礼貌。"

我们溜溜达达地来到了市中心的广场。就这个小城而言，这个广场可真够大的。广场上一半铺了八角水泥块，另外的地方却生着茂盛的野草，好像还没来得及整理似的。广场正中放着一辆坦克。坦克后边竖着一块纪念碑。女司机说，俄罗斯的每个城市都在广场上放着一辆坦克，可能是进行传统教育吧。广场上有几个小男孩在踢足球，还有一些小女孩在唱歌。有一个相貌十分美好的少妇推着一辆很豪华的婴儿车在悠闲地漫步。少妇的衣裙飘飘，一看就是上等的料子。那个小家伙躺在车里，嘴里叼着一个乳胶奶嘴。女司机走上前去，用结结巴巴的俄语，与那少妇搭上了腔。她们说的什么，我们一点也不知道。女司机说："这个女子，名叫塔莉娅，是红石市市长的女儿。"

正对着广场是一幢很有气派的大楼，楼的颜色灰突突的，这个城市的所有建筑都是灰突突的。女司机说："这是他们的大会堂。"我们走到楼前，看到大门前的廊柱上贴着海报。女司机看了看，说："好像晚上有演出。"我问演什么，女司机说："好像是歌剧。"我说，我们买票吧，在这里看一场歌剧，很有纪念意义，不枉来了一趟俄罗斯。女司机说："我也拿不准是不是歌剧。"我说管他是什么呢，先买了票再说。于是女司机就上前去买了三张票。然后我们继续闲逛，逛到时间，走进剧场，看到粗糙的舞台上挂上了一块不大的银幕，才知道，演出的根本不是什么歌剧，而是一场电影。我说电影也好，能在俄罗斯看场电影将来回国也可以吹一吹。没想到观众还挺多，男男女女，以年轻人居多，都叠着脖子搂着腰。灯光暗下，电影开演。片名一出，我们不禁笑起来。原来放映的是中国影片《地道战》。我想不明白俄罗斯的一个小城里为什么会放这种影片。我的朋友说，今年是世界反法西斯战争胜利五十周年，中国的抗日战争，也是世界反法西斯战争的一个组成部分。

这天夜里，躺在舒服的床上，本想睡一个好觉，但刚刚蒙眬入睡，就听到窗外响起了歌声。睁开眼，看到一缕明亮的月光从麻布的窗帘缝隙里射进来。仔细一听，唱歌的是几个男子，歌词听不懂，但曲调很熟悉，是《莫斯科郊外的晚上》《喀秋莎》之类。唱完一曲，又接上一曲。我走到窗口，拉开窗帘，看到窗外月光皎皎，银辉遍地，树影婆娑。几个小伙子，背靠树干，对着一扇窗户放歌。那窗口自然不是我们的窗口，是女司机她们住的房间的窗口。我问朋友，难道我们这个团里有跟俄罗斯青年谈恋爱的女人吗？朋友说，在这个世界上，什么事情都是可能的。我问，你猜是哪个姑娘吸引了俄国青年来唱小夜曲呢？我们正闲扯着呢，就看到那扇窗户猛地推开了。一个女子，探出半截身体，突然放开了歌喉。我惊喜地说，老龙，果然是老龙！老龙的嗓音浑厚柔软，好像上等的呢绒。女声男声重叠在一起，浑然一体，没有缝隙，和谐而圆满，深深地感动了我的心。一曲完毕，老龙关上窗户，再也没露头。那几个小青年又唱了几曲，就摇摇摆摆地走了。突然的安静降临，好像刚才发生的一切是个梦境。月光如水，夜色优美。正是睡觉的好时辰，但我一点也没了睡意。

第二天上午，我们跟随众人，先去参观市政府大楼。我们去时，人家还没上班。我们在外边转圈，看到那大楼的墙砌得歪歪扭扭，很多砖头还砌成了直缝。这在中国是绝对不允许的，连乡村的建筑队也干不出这样的糙活，可这就是市政府大楼。大楼的门更是粗糙，木头没上油漆，铁件生着红锈，木板之间的缝隙能插进去一根手指。我心中暗想：俄罗斯的飞船是怎样造出来的，又是怎样飞上天的呢？

参观罢政府大楼，我们去商店采购。商店里除了笨重的工具还可以看看，别的无甚可看。我们又去逛自由市场。自由市场上的货物大多数是中国货，也无甚可买。于是我们就蹲在墙角抽烟。这时，一个衣衫不整的老头走上来，用一口虽然怪腔怪调，但是很流畅的汉语跟我们谈生意。朋友问他有什么货，他说："什么都有，你们要什么？"朋友道："你说吧，有什么货。"他就给我们报货名："钢材要吗？"不要。"木材要吗？"不要。"化肥要吗？"不要。"铀235要吗？"我吃了一惊，问："你说啥？"他说："铀235呀！"难道就是那种能造原子弹的铀235？"对，就是造原子弹的铀235，核原料。"朋友问："你有多少？"他说："不多，也就是一吨。"朋友说："我们想要，但是运不回去。"他说："如果你们真要，运输问题我负责。"我说："铀235我们就不要了，不过，如果您有原子弹，我们想买一个。"他兴奋地说："真的吗？我可以帮你们搞到，不过，你们得先付百分之三十的定金。"一直不开口的女司机说："走吧你，别在这里蒙人了！"他摇摇头，说："你们没有诚意，没有诚意……"他很失望地走了。

我们没吃午饭，就上车往祖国方向疾驰，沿途上看到俄罗斯草原还像去年那样郁郁葱葱，有几只肚子上生着大白花的奶牛在草地上悠闲地吃草，一个提着挤奶桶的俄罗斯少女向奶牛走去。我的心中平平淡淡，既没有满足也没有失望。一切都与我想象的不一样，一切都与我想象的一样。

（1997 年）

狗·鸟·马

一、狗

十年前，我曾随一个作家代表团去过联邦德国。现在回想起来，在联邦德国那些美丽的城市里，随处可见被衣冠楚楚的男人或是女人牵拉着行进的狗。从德国的北头走到南头，我还没看到过一只无主的狗。德国的狗花样实在是多极了。有蠢笨如牛的，有玲珑如兔的，有长发飘飘如美女的，有皱脸裂唇如恶鬼的。几乎所有的狗的脖子上都拴着一根链条。偶尔也能见到一条摘除了链条的狗，但脖子上还拴着皮圈。那根链条就在狗身后的主人的手里提着，随时都可以挂上去的。即便是那些摘除了链条的狗，也像个好孩子似的乖乖地跟在主人脚后，主人走快它走快，主人走慢它走慢，无链条也好像有链条，看着都让人感动。

在慕尼黑，我看到一匹似狗非狗的大动物，摇摇晃晃地跟在一个美丽的金发女郎身后。那女子袒胸露背，昂首前进，那怪物在她后边，威风凛凛，狼行虎步。我心里很是恐惧，因为打死我我也想不到世界上竟会有这样的动物。它是老虎和绵羊交配生出来的杂种吧？它看到我看它，也冷冷地歪头瞅了我一眼，掩藏在绿色长毛里的眼睛凶光逼人。它的比我的拳头还要大的爪子吧嗒吧嗒地敲着地面，尾巴拖在身后，好像一把大扫帚。这东西如果出现在深山老林里，一定是位令百兽觳觫的大王，但它跟在一个女人的背后，脖子上还挂着一根链条，它也只能是条狗。

在高速公路旁边的一家小饭店里，我看到一对盛装的中年男女，像侍候小宝宝似的，用一个银盘子，给一匹顶多能有两斤重的小老狗喂奶。这匹狗娇喘微微，令我想起中国的古典美人。它用红红的小舌头，舔了一点牛奶，然后就摇摇头。那女人咕噜了一句外语，我虽然听不懂，但我能猜到她的意思。无非是说，宝贝，你不喝了吗？你喝这点怎么能行呢？那小老狗继续摇头。男人就从瓶子里拿出一根金黄色的香肠，递到小老狗的嘴里。我们有时吃到的香肠并不香，但是这男子拿来喂狗的香肠真是香气扑鼻。小狗闻了闻那肠，不吃。我心中感到很愤怒。十年前我们的思想还不跟现在一样，我们的生活也不能跟现在相比。我这样说的目的就是要承认那香肠的香气勾起了我的食欲。十年前我还没有勇气承认，十年后我可以坦率地承认。其实，一切就是个所谓名分，上帝生长万物，并没有标出哪是狗食哪是人食。那根德国小老狗不喜吃的香肠品质优良，它勾起我的食欲完全正常。如果是现在，我就跟那个德国男人要一根吃。他给不给我是他的问题。他把那根小老狗不吃的香肠用纸包了包，扔到了垃圾桶里。我心里感到很痛惜。那男人用一块雪白的手帕给他的狗擦了擦小嘴巴，然后，才和他的女人坐下吃饭。

有一次，我们坐在面包车里，在公路上奔走。一辆辆的豪华轿车，从我们车旁一越而过，一越而过，一越而过。我突然看到，在一辆刚刚超越了我们的奔驰轿车的后座上，蹲着一条笑嘻嘻的小狮子狗。这家伙，还对着我们的车叫唤，好像在笑话我们的车太慢了。我心里很气，恨不得把它揪下来踢一脚，但是它很快就随着奔驰绝尘而去了。我忽然想道：这条狗如果头晕，会不会呕吐呢？如果呕吐不是把那辆豪华轿车给弄脏了吗？

又有一次，记不清是在哪座城市里了，在一座教堂的边上，躺着一个生着火红色连鬓胡须的流浪汉。他老人家身前身后依偎着五条狗，好像他的五个孩子。这五条狗一条比一条漂亮，身上不脏，毛也很顺溜，不像吃不饱的样子。而狗的主人，则是面黄肌瘦。在他和它们的面前，放着一个盘子，里边有几个硬币。每逢有人从他和它们面前走过，老流浪汉就说几句话，声音很低沉。老头说完话，那五条狗也跟着叫几声，声音也很低沉。他和它们表现出一种特别深沉、特别谦逊的态度。

我问我们的翻译："他们说什么？"

翻译说："老头说可怜可怜这五条无家可归的狗吧。"

我问："狗呢，狗说什么？"

翻译笑着说："我不懂狗语。"

我说："你不懂我懂，狗必定是说，可怜可怜这个无家可归的人吧！"

这是真正的相依为命，也是真正的互相关心、互相爱护。我们尽管很穷，但还是掏出几个硬币扔到他和它们面前的盘子里。他对我们说了一句话我敢肯定是谢谢，狗对我们一齐汪汪汪，表达的也是感谢之意。我突然想到一个问题：中国的狗是不是能听得懂德国狗的叫声？

在德国看了那么多奇形怪状的狗，于是就想到了家乡那些狗和家乡人讲过的关于狗的故事。我有一个很不好的习惯，那就是在外边无论见到了什么事，总喜欢和家乡的同类事情做比较，一比较就难免说一些不该说的话，为此得罪了许多人。今后尽量地改正吧。我们故乡的狗很少有脖子上戴链条的，因此，虽然我的故乡的狗捞不到牛奶喝也捞不到香肠吃，但它们比德国的狗自由。香肠虽好吃，自由价更高。它们白天漫游于田野，夜晚卧伏于草垛边，愿意为主人看家就叫几声，不愿看家就出去撒野，事实上也比德国狗愉快。

二十世纪七十年代中期，我在生产大队养猪场里当了一阵子警卫，每天夜里都要跟前来偷猪食的狗做斗争。我抱着一杆土枪，埋伏在土墙后。在银色的月光下，看到它们跷腿蹑脚地来了。狗眼绿莹莹的，好像鬼火一样。看看近了，就搂火。震天动地一声响，狗惨叫着跑了。不是我枪法不好，是我不敢打死它们。都是村里人家的狗，打死了不好交代。这就叫打狗也要看主人。

现在回想起来，德国的狗都不喜欢叫，即便是叫也是低声叫，好像怕惊动了别人似的。我们到德国，也算是外国人了，但那些德国狗理也不理我们。我记得我们一行十几个人到汉堡郊外一个德国姑娘家去做客，她家那只大个狼犬对其他的人一概不理，懒洋洋的，连头都不抬，唯独对我狂吠。有一个人说我："连狗都知道你不是好人。"我却为此得意了好久。我得意的理由是：除了我之外，那天同去的其他人，连狗都懒得理他们了。前几年，一个德国作家到我们村里去，村子里的狗一传十，十传百，全都来了，集中在我家外边的打谷场上，齐声大叫。那德国作家吓得脸色发黄，我对他说，别怕，它们是在欢迎你呢！

可能是出于偏爱，我还是觉得我们家乡的狗好。德国狗太傲慢，我们家乡的狗多么热情。德国狗是德国人的玩物，我们家乡的狗是我们的朋友。我们家乡的狗能跑能跳，狂呼乱叫，很不含蓄，没有德国狗那么好的修养，但也没有德国狗那么阴沉。当然我们家乡的狗也会向主人摇着尾巴献媚，但狗向人献媚总比人向狗献媚好。当然我们家乡的狗也不是真正的狗，真正的狗其实就是狼。

德国的狗百分之五十没有尾巴，问一问，说是动手术割了去了。我问同行："你们知道为什么要把狗尾巴割了去吗？"他们有的说不知道，有的说是为了美观。我说："你们说得都不对。我们家乡有一句歇后语，叫作'没尾巴狗跳墙——利索'，切掉狗尾巴，就是为了让它们跳墙。"

二、鸟

德国有一条河，名叫莱茵河。当年我学习马克思的著作，就知道德国有这样一条河。这条河的水在我们眼里看起来已经很清澈，但是有一些德国人还跟政府吵架，说是他们把河水污染了。就像世界上所有的大河一样，莱茵河两边也有许多城。有一座城叫波恩，当时还是联邦德国的首都。城里有许多人，还有许多鸟，而且鸟不怕人。

我在河边坐着看河水，一只肥胖的野鸭子摇摇摆摆地走过来。它用漆黑的小眼睛看着我，还对我嘎嘎地叫。紧接着又有几只野鸭子走过来，都好奇地看着我。我一伸手，就摸到了它们的羽毛。当时我真想抓几只拿回去烧着吃，但又怕被人家抓住丢了中国人的脸。我曾经写过一篇小说，讲一个穷汉子打野鸭子的故事。他埋伏在一丛高粱秸里，看到夕阳西下，看到一群群的野鸭子落到面前的水汪子里。他想多打几只野鸭，就不停地往枪里填药。最后的结果当然很不好，他贪心太大，装药太多，结果炸了枪膛，野鸭子没打着，反把自己给炸死了。

最近几年，中国人的环保意识也在加强，国家也颁布了保护动物的法律。但偷猎珍稀动物的事情还是不断发生，看起来光有法律还不行。老百姓的肚子里如果没有油水，什么法律也拦不住那些大胆的馋鬼。吃饱了才能讲文明，吃饱了才能学文化。我就不相信，当德国人穷得连饭都吃不饱时，他们还顾得上去保护动物。能保护天鹅，也顾不上保护野鸭子。

当然也不能把一切问题都归结到吃饱吃不饱上。我在狼牙山下当兵时，部队生活很好，顿顿有油水。但机关里有一位干事，每天都提着一杆气枪去打鸟。黄鹂、杜鹃、喜鹊、乌鸦、啄木鸟……他见到什么就打什么。这人枪法很准，几乎是弹无虚发。每天都有几十只鸟死在他的手下。那时我才知道啄木鸟有好几个品种。啄木鸟的舌头像一根肉锥，尖上还带着一个钩儿。他打死那么多鸟，随手就扔在窗台上，他不吃，让蚂蚁吃。为此我还劝过他，但他根本不理我。我偷偷地告了他一状，结果把他得罪了。

人其实是最复杂的动物。人是最善良的，也是最残忍的；人是最窝囊的，也是最霸道的。也许有一天，人要从地球霸主的位置上退下来。不过那时候，我的肉体可能转化成了别的物质。我也许变成了一束鲜花，也许变成了一堆粪土。但我还是希望能变成一只鸟。变成一只在莱茵河边漫步的野鸭子也行。

想不到波恩城里也有麻雀，它们的模样跟中国麻雀没有什么区别。在一家咖啡馆的招牌上,有一个堂皇的麻雀巢,很低,抬手就可摸到。据说招牌上的字母拼起来就是贝多芬,麻雀就在贝多芬的头上生儿育女,拉屎撒尿。

三、马

马在德国跟狗在德国一样,早已由生产资料变成了玩物。马的辉煌时代在德国已经结束——其实在中国也快要结束了。这是无可奈何的事情。人类的文明史里掺杂了许多的马粪和狗屎。马曾经是人类多么重要的帮手,但现在一点也不重要了。我当时想起了《静静的顿河》,想起了肖洛霍夫对马的精彩描写。他写到阿克西妮娅临死前骑的那匹马有一个坏习惯:喜欢低头啃骑马人的膝盖。这匹马多么有性格呀。现在我又想起了《马语者》这本畅销书,一看就是个不懂马的人写的。我曾应该书责任编辑之邀,写过一篇促销文章,里边只有一句话是满意的:其实,人类从来不敢正视马的湛蓝的眼睛。

我在德国只见过一次马,那是在斯图加特郊外一个牧场里。马的主人是个红脸膛的大汉,浑身散发着令我感到亲切的马粪气味。据说他极善马术,曾在大型的赛马会上获得过金牌。大汉有一位娇小的妻子,穿着牛仔裤,很干练,不用说也是个马上的健女。他还有一个在城里读幼儿园的儿子,还有一个像布娃娃那般大的精致女儿,还有一个忙前忙后的老母亲。这是一个幸福的家庭。

我们进了主人的马厩,看到了几匹胖得油光满臀的高头大马。还有一匹让我感到大吃一惊的小马。它比一只绵羊大不了多少，但它不是马驹。我们的翻译说这是袖珍马，长不大的。这是马吗？我真难过。这是什么人培育出来的马种呀！

主人派人进城把他的儿子接回来了，为了给我们表演马术。小男孩换上了全套的马术服，从厩里牵出了那匹袖珍小马，熟练地给它备好鞍鞯。那个刚会行走的小女孩去揪小马的尾巴，怪吓人，但她的父母不管不问。男孩把马牵到驯马场上，女孩追着马哭。她的母亲把她扔到马背上，她就笑了。

说说这个女孩吧。她穿着一条带背襻的红色皮短裤、一双红色的小皮鞋、一件红格子的半袖衬衫。金色的头发梳成两条小辫子。她的皮肤细腻得像奶油一样。她的眼睛蓝得像湖水一样。她的嘴唇红得像樱桃一样。她精致得不像个真孩子。

男孩骑着小马在场上跑起来。起初跑得不快，越跑越快。它的小蹄子飞快地翻动着，让我联想到大银行里那些快速点钞的女职员的手指。跑着跑着，那小马在那小孩的驾驭下，冲向障碍，嗖地就飞过去了。小马的肚皮擦着了栏杆。我们鼓掌。又过去了，我们鼓掌。

在德国，我有个感觉：真的就像假的，假的反似真的。譬如说市场上的水果，色彩之艳丽、表皮之光洁都过了分，使人疑心是塑料或是蜡做成的。有些假物，譬如说桌上摆的假花，你忍不住要去嗅它的香味。德国的马也像假马，太干净、太光滑了，没有一点马的野气。

我又想起了故乡的马，在冰封大地之后，去原野上啃麦苗子。一轮巨大的红日初升，田野里姹紫嫣红，麦苗子上挂着粉红色的霜花。我家那匹红马满身亮汗，大口啃麦苗，轻松摇尾巴，马眼明亮，宛如蓝色水晶。我冻得双耳通红，站在大河堤上，高声呼唤我家的马，马来——咴咴咴……遥远的我家的马昂起头，晃动着红色的鬃毛，飞一般奔过来。在它的带动下，几十匹马一起狂奔，像几十匹舒卷的绸缎，像一条波浪翻卷的彩色河流。

（1997 年 5 月）

第二辑

用耳朵阅读

在书本匮乏的童年时代，通过爷爷奶奶口中的故事、村里人吟唱的"茂腔"，莫言用耳朵打开了文学世界的大门。从乡野传说到革命故事，从中国古典名著到世界文学经典，莫言孜孜不倦地汲取着营养。

在司马迁的《史记》中，莫言体会到换一个角度看历史的妙趣；从鲁迅的《铸剑》里，莫言一次次获得"冷得发烫、热得像冰"的精神力量；福克纳笔下的"约克纳帕塔法县"引领莫言回到故乡与童年，开启属于自己的灵感源泉；大江健三郎故事中的孩子，则让莫言看见富于责任感和勇气的赤子之心。

如何从浩如烟海的文学作品中提取精华？不妨参考莫言的独家书单，读一读莫言的"阅读笔记"，听一听来自这位资深书迷的阅读秘诀与感悟。

童 年 读 书

　　我童年时的确迷恋读书。那时候既没有电影更没有电视，连收音机都没有，只有在每年的春节前后，村子里的人演一些《血海深仇》《三世仇》之类的忆苦戏。在那样的文化环境下，看"闲书"便成为我的最大乐趣。我体能不佳，胆子又小，不愿跟村里的孩子去玩上树下井的游戏，偷空就看"闲书"。父亲反对我看"闲书"，大概是怕我中了书里的流毒，变成个坏人，更怕我因看"闲书"耽误了割草放羊。我看"闲书"就只能像地下党搞秘密活动一样。后来，我的班主任家访时对我的父母说其实可以让我适当地看一些"闲书"，形势才略有好转。但我看"闲书"的样子总是不如我背诵课文，或是背着草筐、牵着牛羊的样子让我父母看着顺眼。人真是怪，越是不让他看的东西，越是不让他干的事情，他看起来、干起来越有瘾，所谓偷来的果子吃着香就是这道理吧。我偷看的第一本"闲书"，是绘有许多精美插图的神魔小说《封神演义》，那是班里一个同学的传家宝，轻易不借给别人。我为她家拉了一上午磨才换来看这本书一下午的权利，而且必须在她家磨道里看并由她监督着，仿佛我把书拿出门就会去盗版一样。这本用汗水换来短暂阅读权的书留给我的印象十分深刻，那骑在老虎背上的申公豹、鼻孔里能射出白光的郑伦、能在地下行走的土行孙、眼里长手手里又长眼的杨任，等等等等，一辈子也忘不掉啊。所以前几年在电视上看了连续剧《封神榜》，替古人不平，如此名著，竟被糟蹋得不成模样。其实这种作品，是不能弄成影视的，非要弄，我想只能弄成动画片，像《大闹天宫》《米老鼠和唐老鸭》那样。

后来我又用各种方式，把周围几个村子里流传的几部经典，如《三国演义》《水浒传》《儒林外史》之类，全弄到手看了。那时我的记忆力真好，用飞一样的速度阅读一遍，书中的人名就能记全，主要情节便能复述，描写爱情的警句甚至能成段地背诵。现在完全不行了。后来我又把"文革"前那十几部著名小说读遍了。记得从一个老师手里借到《青春之歌》时已是下午，明明知道如果不去割草羊就要饿肚子，但还是挡不住书的诱惑，一头钻到草垛后，一下午就把大厚本的《青春之歌》读完了。身上被蚂蚁、蚊虫咬出了一片片的疙瘩。从草垛后晕头涨脑地钻出来，已是红日西沉。我听到羊在圈里狂叫，饿得。我心里忐忑不安，等待着一顿痛骂或是痛打。但母亲看看我那副样子，宽容地叹息一声，没骂我也没打我，只是让我赶快出去弄点草喂羊。我飞快地蹿出家院，心情好得要命，那时我真感到了幸福。

我的二哥也是个书迷，他比我大五岁，借书的路子比我要广得多，常能借到我借不到的书。但这家伙不允许我看他借来的书。他看书时，我就像被磁铁吸引的铁屑一样，悄悄地溜到他的身后，先是远远地看，脖子伸得长长，像一只喝水的鹅，看着看着就不由自主地靠了前。他知道我溜到了他的身后，就故意地将书页翻得飞快，我一目十行地阅读才能勉强跟上趟。他很快就会烦，合上书，一掌把我推到一边去。但只要他打开书页，很快我就会凑上去。他怕我趁他不在时偷看，总是把书藏到一些稀奇古怪的地方，就像革命样板戏《红灯记》里的地下党员李玉和藏密电码一样。但我比日本宪兵队长鸠山高明得多，我总是能把我二哥费尽心机藏起来的书找到，找到后自然又是不顾一切，恨不得把书一口吞到肚子里去。有一次他借到一本《破晓记》，藏到猪圈的棚子里。我去找书时，头碰了马蜂窝，嗡的一声响，几十只马蜂蜇到脸上，奇痛难忍，但顾不上痛，抓紧时间阅读，读着读着眼睛就睁不开了。头肿得像柳斗，眼睛肿成了一条缝。我二哥一回来，看到我的模样，好像吓了一跳，但他还是先把书从我手里夺出来，拿到不知什么地方藏了，才回来管教我。他一巴掌差点把我扇到猪圈里，然后说，活该！我恼恨与疼痛交加，呜呜地哭起来。他想了一会儿，可能是怕母亲回来骂，便说，只要你说是自己上厕所时不小心碰了马蜂窝，我就让你把《破晓记》读完。我非常愉快地同意了。但到了第二天，我脑袋消了肿，去跟他要书时，他马上就不认账了。我发誓今后借了书也决不给他看，但只要我借回了他没读过的书，他就使用暴力抢去先看。有一次我从同学那里好不容易借到一本《三家巷》，回家后一头钻到堆满麦秸草的牛棚里，正看得入迷，他悄悄地摸进来，一把将书抢走，说，这书有毒，我先看看，帮你批判批判！他把我的《三家巷》揣进怀里跑走了。我好恼怒！但追又追不上他，追上了也打不过他，只能在牛棚里跳着脚骂他。几天后，他将《三家巷》扔给我，说，赶快还了去，这书流氓极了！我当然不会听他的。

我怀着甜蜜的忧伤读《三家巷》，为书里那些小儿女的纯真爱情而痴迷陶醉。旧广州的水汽市声扑面而来，在耳际鼻畔缭绕。一个个人物活灵活现，仿佛就在眼前。当我读到区桃在沙面游行被流弹打死时，趴在麦秸草上低声抽泣起来。我心中那个难过，那种悲痛，难以用语言形容。那时我大概九岁吧？六岁上学，念到三年级的时候。看完《三家巷》，好长一段时间里，我心里怅然若失，无心听课。

读罢《三家巷》不久，我从一个很赏识我的老师那里借到了一本《钢铁是怎样炼成的》。晚上，母亲在灶前忙饭，一盏小油灯挂在门框上，被腾腾的烟雾缭绕着。我个头矮，只能站在门槛上就着如豆的灯光看书。我沉浸在书里，头发被灯火烧焦也不知道。保尔和冬妮娅，肮脏的烧锅炉小工与穿着水兵服的林务官的女儿的迷人的初恋，实在是让我梦绕魂牵，跟得了相思病差不多。多少年过去了，那些当年活现在我脑海里的情景还历历在目。保尔在水边钓鱼，冬妮娅坐在水边树杈上读书……哎，哎，咬钩了，咬钩了……鱼并没咬钩。冬妮娅为什么要逗这个衣衫褴褛、头发蓬乱、浑身煤灰的穷小子呢？冬妮娅出于一种什么样的心态？保尔发了怒，冬妮娅向保尔道歉。然后保尔继续钓鱼，冬妮娅继续读书。她读的什么书，是托尔斯泰还是屠格涅夫？从冬妮娅向保尔真诚道歉那一刻起，童年的小门关闭，青春的大门猛然敞开了，一个美丽的、令人遗憾的爱情故事开始了。我想，如果冬妮娅不向保尔道歉呢？如果冬妮娅摆出贵族小姐的架子痛骂穷小子呢？那《钢铁是怎样炼成的》就没有了。一个高贵的人并不意识到自己的高贵才是真正的高贵，一个高贵的人能因自己的过失向比自己低贱的人道歉是多么可贵。我与保尔一样，也是在冬妮娅道歉那一刻爱上了她。说爱还早了点，但起码是心中充满了对她的好感，阶级的壁垒在悄然地瓦解。接下来就是保尔和冬妮娅赛跑，因为恋爱忘了烧锅炉。劳动纪律总是与恋爱有矛盾，古今中外都一样。美丽的贵族小姐在前面跑，锅炉小工在后边追……看到这里，幸福的热泪从高密东北乡的傻小子眼里流了下来。接下来，保尔剪头发，买衬衣，到冬妮娅家做客……我是三十多年前读的这本书，之后再没翻过，但一切都在眼前，连一个细节都没忘记。我当兵后看过根据这部小说改编的电影，但失望得很，电影中的冬妮娅根本不是我想象中的冬妮娅。保尔和冬妮娅最终还是分道扬镳，成了两股道上跑的车，各奔了前程。当年读到这里时，我心里那种滋味难以说清。我想如果我是保尔……但可惜我不是保尔……我不是保尔也忘不了临别前那无比温馨甜蜜的一夜……冬妮娅家那条凶猛的大狗，狗毛温暖，冬妮娅皮肤凉爽……冬妮娅的母亲多么慈爱啊，散发着牛奶和面包的香气……后来在筑路工地上相见，但昔日的恋人之间竖起了黑暗的墙，阶级和阶级斗争，多么可怕。但也不能说保尔不对，冬妮娅即使嫁给了保尔，也注定不会幸福，因为这两个人之间的差别实在是太大了。保尔后来又跟那个共青团干部丽达恋爱，这是革命时期的爱情，尽管也有感人之处，但比起与冬妮娅的初恋，缺少了那种缠绵悱恻的情调。最后，倒霉透顶的保尔与那个苍白的达雅结了婚。这桩婚事连一点点浪漫情调也没有。看到此处，保尔的形象在童年的我心目中就暗淡无光了。

读完《钢铁是怎样炼成的》，"文化大革命"就爆发，我童年读书的故事也就完结了。

（1996 年）

用耳朵阅读

几年前，在台北的一次会议上，我与几位作家就"童年阅读经验"这样一个题目进行了座谈。参加座谈的作家，除了我之外都是早慧的天才，他们有的五岁时就看了《三国演义》《西游记》，有的六岁时就开始阅读《红楼梦》，这让我既感到吃惊又感到惭愧，与他们相比，我实在是个没有文化的人。轮到我发言时，我说，当你们饱览群书时，我也在阅读，但你们阅读是用眼睛，我用的是耳朵。

当然，我也必须承认，在我的童年时期，我也是用眼睛读过几本书的。但那时我所在的农村，能找到的书很少，我用出卖劳动力的方式，把那几本书换到手读完之后，就错误地认为，我已经把世界上的书全部读完了。后来，我有机会进了一个图书馆，才知道自己当年是多么样的可笑。

我十岁的时候，就辍学回家当了农民，当时我最关心的是我放牧的那几头牛羊的饥饱，以及我偷偷地饲养着的几只小鸟会不会被蚂蚁吃掉。当时我做梦也没有想到几十年后，我竟然成了一个以写小说为职业的人。这样的人在我的童年印象中，是像神灵一样崇高伟大的。当然，在我成了作家之后，我知道了作家既不崇高也不伟大，有时候甚至比一般人还要渺小。

我在农村度过了漫长的青少年时期。如前所述，在这期间，我把周围几个村子里那几本书读完之后，就与书本脱离了关系。我的知识基本上是用耳朵听来的。就像诸多作家都有一个会讲故事的老祖母一样，就像诸多作家都从老祖母讲述的故事里汲取了最初的文学灵感一样，我也有一个很会讲故事的祖母，我也从我的祖母的故事里汲取了文学的营养。但我更可以骄傲的是，我除了有一个会讲故事的老祖母之外，还有一个会讲故事的爷爷，还有一个比我的爷爷更会讲故事的大爷爷——我爷爷的哥哥。除了我的爷爷奶奶大爷爷之外，村子里凡是上了点岁数的人，都是满肚子的故事。我在与他们相处的几十年里，从他们嘴里听说过的故事实在是难以计数。

他们讲述的故事神秘恐怖，但十分迷人。在他们的故事里，死人与活人之间没有明确的界限，动物、植物之间也没有明确的界限，甚至许多物品，譬如一把扫地的笤帚、一根头发、一颗脱落的牙齿，都可以借助某种机会成为精灵。在他们的故事里，死去的人其实并没有远去，而是和我们生活在一起，他们一直在暗中注视着我们、保佑着我们，当然也监督着我们。这使我少年时期少干了许多坏事，因为我怕受到暗中监督着我的死去的祖先的惩罚。当然这也使我多干了很多好事，因为我相信我干过的好事迟早会受到奖赏。在他们的故事里，大部分动物都能够变化成人形，与人交往，甚至恋爱、结婚、生子。譬如我的祖母就讲述过一个公鸡与人恋爱的故事。她说一户人家有一个待字闺中的美丽姑娘，许多人来给这个姑娘说媒，但她死活也不嫁，并说自己已经有了如意的郎君。姑娘的母亲就留心观察，果然发现，每当夜深人静的时候，就听到从女儿的房间里传出一个男子的声音。这个声音十分的迷人。母亲白天就盘问女儿，那个男子是谁，是从哪里进去的。女儿就说这个青年男子每天夜里都会出现在她的身边，天亮之前就悄悄地消失。女儿还说，这个男子每次来时，都穿着一件非常华丽的衣服。母亲就告诉女儿，让她下次把那男子的衣服藏起来。等到夜里，那个男子又来了。女儿就把他的衣服藏到柜子里。天亮前，那个男子又要走，但衣服找不到了。男子苦苦哀求姑娘将衣服还她，但姑娘不还。等到村子里的鸡开始啼鸣时，那男子只好赤裸裸地走了。天明之后，母亲打开鸡窝，发现从鸡窝里钻出了一只浑身赤裸的大公鸡。让女儿打开柜子一看，哪里有什么衣服？柜子里全是鸡毛。这是我少年时代听过的印象最深的故事之一。后来，每当我看到羽毛华丽的公鸡和英俊的青年，心中就产生异样的感觉，我感到他们之间有一种神秘的联系，不是公鸡变成了青年，就是青年变成了公鸡。

离我的家乡三百里路，就是中国最会写鬼故事的作家蒲松龄的故乡。当我成了作家之后，我开始读他的书，我发现书上的许多故事我小时候都听说过。我不知道是蒲松龄听了我的祖先们讲述的故事写成了他的书，还是我的祖先们看了他的书后才开始讲故事。现在我当然明白了他的书与我听说过的故事之间的关系。

爷爷奶奶一辈的老人讲述的故事基本上是鬼怪和妖精。父亲一辈的人讲述的故事大部分是历史，当然他们讲述的历史是传奇化了的历史，与教科书上的历史大相径庭。在民间口述的历史中，没有阶级观念，也没有阶级斗争，但充满了英雄崇拜和命运感，只有那些有非凡意志和非凡体力的人才能进入民间口述历史并被不断地传诵，而且在流传的过程中被不断地加工提高。在他们的历史传奇故事里，甚至没有明确的是非观念。一个人，哪怕是技艺高超的盗贼、胆大包天的土匪、容貌绝伦的娼妓，都可以进入他们的故事，而讲述者在讲述这些"坏人"的故事时，也常常使用着赞赏的语气，脸上洋溢着心驰神往的表情。

十几年前，我在写作《红高粱》时已经认识到：历史教科书固然不可全信，民间口口相传的历史同样不可信。民间把历史传奇化、神秘化是心灵的需要。对于一个作家来说，我当然更愿意向民间的历史传奇靠拢并从那里汲取营养，因为一部文学作品要想激动人心，必须讲述出惊心动魄的故事，必须在讲述这惊心动魄的故事的过程中塑造出性格鲜明、非同一般的人物，而这样的人物，在现实生活中是几乎不存在的，但在我父亲他们讲述的故事里比比皆是。譬如我父亲就讲过，我家的一个远房亲戚，一次吃了半头牛、五十张大饼。当然，他的能吃与他的力大无穷紧密相连。父亲说这个人能把一辆马车连同拉车的马扛起来走十里路。我知道我家根本就没有这样一个远房亲戚，我父亲这样说，是为了增强故事的可信性，这其实是一种讲故事的技巧。后来创作小说《红高粱》时我借用了这种技巧。《红高粱》开篇我就说："我父亲这个土匪种……跟着后来名满天下的传奇英雄余占鳌司令的队伍去胶平公路伏击敌人的汽车队……"其实我爷爷是个手艺高超的木匠，我父亲是个老实得连鸡都不敢杀害的农民。当我的小说发表之后，我父亲很不高兴，说我诬蔑他。我就说，写小说其实就是讲故事，你不是说咱家那个远房亲戚一次能吃半头牛吗？我父亲听了我的解释后，明白了，并且一言就点破了小说的奥秘：原来写小说就是胡编乱造啊！

其实也不仅仅是上了岁数的人才开始讲故事，有时候年轻人甚至小孩子也讲故事。我十几岁时听邻居家一个五岁的小男孩讲过的一个故事至今难忘，他对我说，马戏团的狗熊对马戏团的猴子说，我要逃跑了。猴子问，这里很好，你为什么要逃跑？狗熊说，你当然好，主人喜欢你，每天喂给你吃苹果、香蕉，而我每天吃糠咽菜，脖子上还拴着铁链子，主人动不动就用皮鞭子打我。这样的日子我实在是过够了，所以我要逃跑了。我当时问他，狗熊跑了没有？他说，没有。我问他，为什么？他说，猴子去跟主人说了。

在我用耳朵阅读的漫长生涯中，民间戏曲，尤其是我的故乡那个名叫"茂腔"的小剧种给了我深刻的影响。"茂腔"唱腔委婉凄切，表演独特，简直就是高密东北乡人民苦难生活的写照。"茂腔"的旋律伴随着我度过了青少年时期。在农闲的季节里，村子里搭班子唱戏时，我也曾经登台演出——当然，我扮演的都是那些插科打诨的丑角，连化装都不用。"茂腔"是高密东北乡人民的开放的学校，是民间的狂欢节，也是感情宣泄的渠道。民间戏曲通俗晓畅、充满了浓郁生活气息的戏文，有可能使已经贵族化的小说语言获得一种新质。我新近完成的长篇小说《檀香刑》就是借助于"茂腔"的戏文对小说语言的一次变革尝试。

当然，除了聆听从人的嘴巴里发出的声音，我还聆听了大自然的声音，譬如洪水泛滥的声音、植物生长的声音、动物鸣叫的声音……在动物鸣叫的声音里，最让我难忘的是成千上万只青蛙聚集在一起鸣叫的声音。那是真正的大合唱，声音洪亮，震耳欲聋，青蛙绿色的脊背和腮边时鼓时缩的气囊，把水面都遮没了。那情景让人不寒而栗、浮想联翩。

我虽然没有文化，但通过聆听——这种用耳朵的阅读，为日后的写作做好了准备。我想，我在用耳朵阅读的二十多年里，培养起了我与大自然的亲密联系，培养起了我的历史观念、道德观念，更重要的是培养起了我的想象力，并且保持不懈的童心。我相信，想象力是贫困生活和闭塞环境的产物。在北京和上海这样的大城市里，人们可以获得知识，但很难获得想象力，尤其是难以获得与文学、艺术相关的想象力。我之所以能成为一个这样的作家，用这样的方式进行写作，写出这样的作品，是与我的二十年用耳朵的阅读密切相关的；我之所以能持续不断地写作，并且始终充满不知道天高地厚的自信，也是依赖着用耳朵阅读得来的丰富资源。

关于用鼻子写作，其实应该是另外一次演讲的题目，今天只能简单地说说。所谓用鼻子写作，并不是说我要在鼻子里插上两支鹅毛笔，而是说我在写作时，刚开始时是无意地，后来是有意识地调动起了自己对于气味的回忆和想象，从而使我在写作时如同身临其境，从而使读者在阅读我的小说时也身临其境。其实，在写作的过程中，作家所调动的不仅仅是对于气味的回忆和想象，而且还应该调动起自己的视觉、听觉、味觉、触觉等等全部的感受，以及与此相关的全部想象力。要让自己的作品充满色彩和画面、声音与旋律、苦辣与酸甜、软硬与凉热等等丰富的可感受的描写，当然这一切都是借助于准确而优美的语言来实现的。好的小说，能让读者在阅读时产生仿佛进入了一个村庄、一个集市、一个非常具体的家庭的感受，好的小说能使痴心的读者把自己混同于其中的人物，为之爱，为之恨，为之生，为之死。

这样的小说要写出来很不容易，我正在不懈地努力。

(2001 年 5 月在悉尼大学的演讲)

影响我的十部短篇小说

　　让一个拥有二十年文学阅读经验的人选出他喜欢的十个短篇小说，是一项轻松愉快的工作，但让他讲出为什么选了这十篇小说，却既不轻松也不愉快，起码对我来说是这样。

　　我想一个好的短篇小说，应该是一个作家成熟后的产物。阅读这样一个短篇小说，可以感受到这个作家的独特性。就像通过一个细小的锁孔可以看到整个的房间，就像提取一个绵羊身体上的细胞，可以克隆出一匹绵羊。我想一个作家的成熟，应该是指一个作家形成了自己的风格，而所谓的风格，应该是一个作家具有了自己的独特的、不混淆于他人的叙述腔调。这个独特的腔调，并不仅仅指语言，而是指他习惯选择的故事类型、他处理这个故事的方式、他叙述这个故事时运用的形式等等全部因素所营造出的那样一种独特的氛围。这种氛围或者像烟熏火燎的小酒馆，或者像烛光闪烁的咖啡屋，或者像吵吵嚷嚷的四川茶馆，或者像音乐缭绕的五星级饭店，或者像一条高速公路，像一个马车店，像一艘江轮，像一个候车室，像一个桑拿浴室……总之是应该与众不同。即便让两个成熟作家讲述同一个故事，营造出的氛围也绝不会相同。而我认为所谓作家的成熟，不是说他从此之后就无变化，也不是指他已经发表了很多的作品。有的人一开始就成熟了，有的人则像老酒一样渐渐成熟，有的人则永远也不会成熟，哪怕他写了一千本书。

关于小说创作的理论，对大多数读者和作者来说，没有什么实际意义。任何关于小说创作的理论都是片面的，它更多的是理论的自我满足。作家的自我立论更是情绪化的产物，往往是漏洞百出、难以自圆其说。但小说的确存在着好坏之分，这是每一个读者都能感受到的事实。所以我的选择也基本上是建立在感受的基础上，我能谈的也就是回忆当初阅读这些作品时的感受。

第一次从家兄的语文课本上读到鲁迅的《铸剑》时，我还是一个比较纯洁的少年。读完了这篇小说，我感到浑身发冷，心里满是惊悚。那犹如一块冷铁的黑衣人宴之敖者、身穿青衣的眉间尺、下巴上撅着一撮花白胡子的国王，还有那个蒸气缭绕灼热逼人的金鼎、那柄纯青透明的宝剑、那三颗在金鼎的沸水里唱歌跳舞追逐啄咬的人头，都在我的脑海里活灵活现。我在桥梁工地上给铁匠师傅拉风箱当学徒时，看到钢铁在炉火中由红变白，由白变青，就联想到那柄纯青透明的宝剑。后来我到公社屠宰组里当过小伙计，看到汤锅里翻滚着的猪头，就联想到了那三颗追逐啄咬的人头。一旦进入了这种联想，我就感到现实生活离我很远，我在我想象出的黑衣人的歌唱声中忘乎所以，我经常不由自主地大声歌唱：阿呼呜呼兮呜呼呜呼——前面是鲁迅的原文，后边是我的创造——呜哩哇啦嘻哩吗呼。我的这种歌唱大人们理解不了，但孩子们理解得很好，他们跟着我一块歌唱，在"文革"初期的几年里，半个县的孩子都学会了这歌唱。在满天星斗的深夜里，村子里的某个角落里突然响起一声长调，宛若狼嚎，然后就此伏彼起，犹如一石激起千重浪。长大之后，重读过多少次《铸剑》已经记不清了，但每读一次，都有新的感受，渐渐地我将黑衣人与鲁迅混为一体，而我从小就将自己幻想成身穿青衣的眉间尺。我知道我成不了眉间尺，因为我是个怕死的懦夫，不可能像眉间尺那样因为黑衣人的一言之诺就将自己的脑袋砍下来。如果有条件，我倒很容易成为那个腐化堕落的国王。

显克维支的《灯塔看守人》是我在某训练大队担任政治教员时读到的，当时我已经开始学习写小说，已经不满足于读一个故事，而是要学习人家的"语言"。本篇中关于大海的描写我熟读到能够背诵的程度，而且在我的早期的几篇"军旅小说"中大段地摹写过。接受了我的稿子的编辑，误以为我在海岛上当过兵或者是一个渔家儿郎。当然我没有笨到照抄的程度，我通过阅读这篇小说认识到，应该把海洋当成一个有生命的东西写，然后又翻阅了大量的有关海洋的书籍，就坐在山沟里写起了海洋小说。我把台风写得活灵活现，术语运用熟练，把外行唬得一愣一愣的。后来我读了显克维支的长篇《十字军骑士》，感觉就像遇到多年前的密友一样亲切，因为他的近乎顽固的宗教感情和他的爱国激情是一以贯之的，在长篇里，在短篇里。这个短篇的创作时间距今已有一百多年，如今读起来，依然感觉不到它的过时。这是一个精心构思的故事，充满了浪漫精神，仔细推敲起来，能够感觉到小说中心情节的虚假，但浪漫主义总是偏爱戏剧性的情节。

胡里奥·科塔萨尔的《南方高速公路》与我的早期小说《售棉大路》有着亲密的血缘关系，我从八十年代初期的《外国文学》月刊上读到了它。刊物是一个学员订的，我利用暂时负责收发报刊的便利，截留下来，先睹为快。那时还没有复印机，我用了三个通宵，将它抄在一个硬皮本上。在此之前，我阅读的大多是古典作家，这个拉美大陆上颇有代表性的作家的充溢着现代精神的力作，使我受到了巨大的冲击。阅读它时，我的心情激动不安，第一次感觉到叙述的激情和语言的惯性，接下来我就模拟着它的腔调写了《售棉大路》。这次模仿，在我的创作道路上意义重大，它使我明白了，找到叙述的腔调，就像乐师演奏前的定弦一样重要，腔调找到之后，小说就是流出来的，找不到腔调，小说只能是挤出来的。

乔伊斯的《死者》是经典名篇，如果没有那么多的文章极力推崇，我可能永远也不会读完它。这部小说并不难读，但他精雕细琢的那些发生在客厅舞厅里的琐事，实在是令人心烦。读到临近终篇，小说中的男女主人公走出姨妈家的客厅，来到散发着冰冷芳香的大街上时，伟大的乔伊斯才让人物的内心彻底地向读者开放，犹如微暗的火终于燃成了明亮的火，犹如含苞待放的花朵绽开了全部的花瓣。但这两颗狂乱的、光芒四射的心很快就冷却了，就像火焰渐渐熄灭，就像花朵渐渐凋零。最后，男主人公将自己的灵魂埋葬了，就像"这些死者一度在这儿养育、生活过的世界，正在溶解和化为乌有"。如果是一个别样的作家，或者说除了乔伊斯之外的其他作家，小说到此就该结束了，但乔伊斯不在这里结束，他让"整个爱尔兰都在落雪"来结束这篇小说，他让雪"落在阴郁的中部平原的每一片地方上，落在光秃秃的小山上，轻轻地落进艾伦沼泽，再往西，又轻轻落进香农河那黑沉沉的、奔腾澎湃的浪潮中。它也落在山坡上那片安葬着迈克尔·富里的孤独的教堂墓地的每一块泥土上。它纷纷飘落，厚厚地积压在歪歪斜斜的十字架上和墓石上，落在一扇扇小墓门的尖顶上，落在荒芜的荆棘丛中"。这是小说历史上最为著名的结尾之一，含蓄、隐晦、多义，历来被评家乐道，也为诸多作家模仿，但很少有人敢用这种方式来结尾，但即便是放在中间，也一眼就能看出。我曾经试图用他的调子写作，但总是画虎不成反类犬。

读劳伦斯的《普鲁士军官》时，我正在军艺文学系学习，当时流行写"感觉"，同学们之间，夸奖一个人小说写得好，就说他有"感觉"，批评一个人的小说不好，就说他没有"感觉"。此时我的《透明的红萝卜》《爆炸》等小说已经发表，我被认为是有"感觉"的，为此我沾沾自喜，甚至有点不知天高地厚，但当我读了《普鲁士军官》后，才知道什么叫作有"感觉"，比较劳伦斯，我的"感觉"实在是太迟钝了。我们所说的"感觉"，其实就是指作家让他的小说中的人物，用全部的感官包括所谓的"第六感觉"，去感知他自己的身体、内心以及外部的世界。在这方面，劳伦斯的《普鲁士军官》为我们树立了一个精美的样板。

在八十年代的中国文坛，马尔克斯毫无疑问是个如雷贯耳的名字。他的《巨翅老人》，鲜明地体现了"魔幻现实主义"的创作原则：把看来不真实的东西写得十分逼真，把看来不可能的东西写得完全可能。这篇小说容易让人想到卡夫卡的《变形记》，但我认为它更像一个童话。马尔克斯的师傅应该是安徒生，他是用讲故事给孩子听的口吻讲述了这个离奇的故事。

福克纳是许多作家的老师，当然也是我的老师。他肯定不喜欢招收一个我这样的学生，但作家拜师不需磕头，也不需老师同意。福克纳的这篇《公道》在他的短篇小说中并不是最有名的，我之所以喜欢它并要向读者推荐，是因为这篇小说的结构。福克纳的长篇和中篇大都有一个精巧的结构，但他的短篇不太讲究结构，《公道》是个例外，《献给爱米莉的玫瑰花》当然也不错，但我认为不如《公道》巧妙。他用一个孩子的口气讲述了孩子听爷爷庄园的用人山姆·法泽斯讲述的孩童时代从他的父亲的朋友赫尔曼·巴斯克特那里听来的关于他的父亲和他的母亲等人的故事，所谓的小说结构的"套盒术"大概就是这个样子。从某种意义上说，这个结构是福克纳历史观的产物。小说中关于爸爸与黑人斗鸡、与黑人比赛跳高的情节富有喜剧性而又深刻无比，就像刻画人物性格的雕刀。

屠格涅夫的《白净草原》是一篇优美的儿童小说，我只读过一遍，而且是在二十多年前，但那堆篝火、那群讲鬼故事的孩子、那些令人毛骨悚然的鬼故事、那些不时将脑袋伸到明亮的篝火前吃草的牲口，至今让我难以忘怀。

卡夫卡的《乡村医生》是一篇最为典型的"仿梦小说"，也许他写的就是他的一个梦。他的绝大多数作品，都像梦境。梦人人会做，但能把小说写得如此像梦的，大概只有他一人。至于他是否用自己的写作来批判资本主义社会，那我就不知道了。

《桑孩儿》的作者水上勉小时曾经出家当过和尚，他的小说里经常出现"南无阿弥陀佛"。这篇小说里也出现了好几次"南无阿弥陀佛"。这是一个凄惨无比的故事，但水上勉的叙述清新委婉。这故事让我来讲那就不得了了，肯定要大洒狗血。《桑孩儿》的结构有点像福克纳的《公道》。我选择它，一是因为这篇小说里有一种大宗教的超然精神，二是因为它作为一篇乡村风俗小说的成功。

作为一个读者，我说得也许还不够，但作为一个"选者"，我说得已经太多了。

（1998 年 10 月）

楚霸王与战争

——读《史记》杂感

司马迁《史记》的最伟大之处，就在于他彻底粉碎了"成则王侯败则贼"这一思维的模式和铁打的定律。在当时的情况下，这首先是一种卓然不群的眼光，当然还需要不怕砍头的勇气。这目光和勇气的由来，实得力于他身受的腐刑。在他那个时代，腐刑和砍头是同一等级的。许多不愿受辱的人是宁愿断头也不愿去势的。司马迁因为胸中有了一部《史记》，所以他忍辱受刑；也因为他忍辱受了腐刑，才使《史记》有了今天这样的面貌。汉武帝一声令下，切掉了司马迁的私心杂念，切出了他为真正的英雄立传的勇气。大凡人处在得意之时，往往从正面、用官家认可的观点去看世界，而身处逆境时，才能、才愿意换一个角度，甚至从反面来看世界。这有物质上的原因，也有精神上的原因，二者同等重要。无论从文学的观点看《史记》，还是用史学的观点看《史记》，都可以看到这种视角变换的重大意义。换一个角度看世界的结果，便是打破了偏激与执迷，更容易看透人生的本质。站在另一面的了悟者，往往无法不沉浸在一种悲凉、寂寞的情绪中，但也沉浸在无欲无求、超然物外的心态中。比死都可怕的酷刑俺都受过了，俺从死亡线上挣扎过来了，还有什么可以忌惮的吗？有这种"肆无忌惮"的精神做了前提，所以才能避开正统的、皇家的观点，以全新的角度，画出"盗贼"的另一面——失败了的英雄的英雄本色。太史公的实践，对当今的作家依然富有启示。

听我的老师说，司马迁所处的时代，是富有浪漫精神的大时代。浪漫的时代才能产生浪漫的大性格。回首楚汉相争时，代表着时代精神、具有浪漫气质、堪称伟大英雄的人物，非项羽莫属。项羽的精神，引起了司马迁的强烈共鸣。一篇《项羽本纪》，字字有深情。我们从中读出了项羽这位举世无双的青年英雄的天马行空的本色。他少时学书不成改学剑，学剑不成改学兵，学兵不求甚解，草草罢休。这应当是好事，因为任何太具体的知识都会成为束缚这匹天马的缰绳。他身长八尺，力能扛鼎，是天生的英雄。他临危不惧，英猛果断，是天生的战士。少时我在高密，听到过许多传说，其中就有关于楚霸王项羽的。

我爷爷说，楚霸王是龙生虎奶。说秦始皇东巡时，梦中曾与东海龙王之女交好。事后，秦始皇无牵无挂地一走了之，那龙女却身怀了六甲。后来自然就产下了一个黑胖小子。龙女可能考虑到此子是私生，名不正言不顺，传出去有损龙宫声誉，便抛之深山，一走了之。这是货真价实的龙种，当然不能让他就这么死了，于是，来了一只母老虎，为这个孩子喂奶。这男孩就是项羽。这个传说除了说明项羽血统高贵之外，还为他的神力做了一个注脚。另外还有更深一层的意思，这意思就是，项羽如果夺了秦朝的江山做了皇帝，等于子承父业，名正言顺。由此推想，这传说的最早的源头，很可能是项羽手下的谋士们有意制造的谣言，就像陈胜吴广把写有"大楚兴，陈胜王"的绢塞进鱼肚子一样。这种把戏，大概历朝的开国皇帝都练过。我爷爷说，楚霸王能"气吹檐瓦"。怎么算气吹檐瓦呢？就是说项羽站在房檐下，呼出的气流能把房檐上的瓦吹掉。这已经非常玄乎了，但更玄乎的还在后边呢。我爷爷说，楚霸王除了能气吹檐瓦外，还有"过顶之力"，何为过顶之力呢？就是自己拔着自己的头发把自己拔离地面。楚霸王是人类历史上第一个能把自己提离地面的人。这等神力，的确是匪夷所思了。等到我读了《史记·项羽本纪》后，才猜测到，我爷爷所说的"力能过顶"，很可能是"力能扛鼎"之讹。老百姓不大容易把"扛鼎"理解好，于是，"力能扛鼎"便成了"力能过顶"，而"力能过顶"便成了自己提着自己的头发把自己提离地面。

我想，项羽在民间，之所以不是乱臣贼子面目，而是盖世英雄形象，实得力于文坛英雄司马迁的旷世杰作《史记·项羽本纪》。汉武帝那一刀，切出了一个大目光、大手笔，实在是不经意地为人类文明做出了一个大贡献。当代很多知识分子，受了一点委屈就念叨不休，比比司马迁，就差了火色。当然，绝不是要让人为了写杰作，自愿下蚕室。很多事都是命运使然，真要自愿下了蚕室，也只能去做个李莲英或是小德张，而做不了司马迁。

读了项羽的本纪，我感到这家伙从没用心打过仗。他打仗如同做游戏。这是一个童心活泼、童趣盎然的英雄。他破釜沉舟，烧房子、坑降卒，表现出典型的儿童破坏欲。每逢交战，他必身先士卒，不像个大元帅，就是个急先锋。不冲不杀不呐喊他就不痛快。他斗勇斗力不斗智，让他搞点阴谋什么的他就头痛、心烦。到了最后的时刻，他还对着美人和骏马唱歌，惨败到只剩下二十八骑时还跟部下打赌，证明自己的神力。最后他孤身一人到了乌江边上，还把名马送给好汉，将头颅赠给旧友。他不过江东，并不是不敢去见江东父老。这家伙是打够了，打烦了，他不愿打了。不愿打了，就用刀抹了脖子，够干脆，够利索。他其实从没十分认真地考虑过夺江山、做皇帝的事，那都是范增等人逼着他干的。他的兴趣不在这里。如果真让他做了皇帝，那才是真正的"沐猴而冠"，他分封诸王、自封西楚霸王时其实也就是皇帝了，但他做得一塌糊涂。听听他为自己起的封号吧，西楚霸王，孩子气十足，像一个用拳头打出了威风的好斗少年的心态。他是为战斗而生的。英勇战斗就是他的最高境界、最大乐趣。中国如果要选战神，非他莫属。不必为他惋惜，皇帝出了几百个，项羽只有一个。当然，我们也要感谢刘邦，在楚汉战争的广大历史舞台上，他为项羽威武雄壮的表演充当了优秀的配角，从而使这台大戏丰富多彩，好看至极。如果是两个刘邦或是两个项羽打起来，那这台戏就没有什么看头了。

从政治的角度看，刘邦胜利了，项羽失败了。从人生的角度看，这哥俩都是成功者。他们都做了自己想做的事，而且都做得很好。刘邦成功在结果，项羽成功在过程。太史公此文，首先是杰出的文学，然后才是历史，是充满客观精神的文学，是洋溢着主观色彩的历史。

回头想想，战争，即使不是人类历史的全部，也是人类历史中最辉煌、最壮丽的组成部分。战争荟萃了最优秀的人才，集中了每一历史时期的最高智慧，是人类聪明才智的表演舞台。因此，从某种意义上说，历史就是战争的历史，文学也就是战争的文学。小说家观察战争的角度、研究战争的方法，必须不断变化才好。太史公是描写战争的大家，他是当然的战争文学的老祖宗。他也写战争过程，但他笔下的战争过程从来都是有鲜明的性格在其中活动的过程。我们都知道什么是好的战争文学，但我们写起来就忘了文学，忘了文学是因为我们忘不了政治。描写战争灾难，揭示人性在战争中的变异等曾经是别开生面的角度，但"李杜诗篇万口传，至今已觉不新鲜"。如何写战争，我一直跃跃欲试，但很多问题想不清楚，也就不敢轻易动笔。我的心里藏着几个精彩的战争故事，有朝一日，我也许会斗胆动手。

任何一种真正意义上的英雄，都敢于战胜或是藐视不是一切也是大部分既定的法则。彻底的蔑视和战胜是不可能的，所以彻底的英雄也是不存在的。项羽有项羽的不彻底处，司马迁有司马迁的不彻底处。一般的人，通体都被链条捆绑，所以敢于蔑视成法就是通往英雄之路的第一步。项羽性格中最宝贵的大概就是童心始终盎然，这一点与司马迁应有共通之处。司马迁在《项羽本纪》里对项羽给予了深深的同情，而对汉王朝的开国皇帝多有讥刺，这肯定与身受酷刑有关。这样，问题就出来了：司马迁笔下的项羽，是不是历史生活中真正的项羽？同样，历史生活里的刘邦是不是就像司马迁写的那样？这样一想，胡适所说"历史是一个任人打扮的小姑娘"，也就有了一点点道理。

（1998 年）

月光如水照缁衣

——读鲁迅的《铸剑》

鲁迅先生在《铸剑》里塑造了两位有英雄主义气质的人物，黑衣人宴之敖者与眉间尺。眉间尺为报父仇，毅然割下自己的头颅，交给一言相交的黑衣人。黑衣人为了替他报仇，在紧要关头，按照预先的设计，挥剑砍下了自己的头颅。这种一言既诺，即以头颅相托和以头颅相许的行为，正是古侠的风貌，读来令人神往。

眉间尺是个稚气未脱、优柔寡断、心地善良的孩子。他对那只"淹在水里面，单露出一点尖尖的红鼻子"的老鼠，也怀着怜悯的心情。救起它，又觉得它可憎；踩死它，又觉得它可怜。这种心理，是典型的艺术家心理。骨子里是对生命的热爱，是敏感，是善变，是动摇。这样的心态只合适于写小说，不合适于去复仇。

但突变发生了。当他得知父亲为楚王铸剑反被楚王砍了头时，就像自己的少年时代被那柄纯青、透明的利剑砍掉一样，一步跨进了成人的行列。他"全身都如烧着猛火，自己觉得每一枝毛发上都仿佛闪出火星来。他的双拳，在暗中捏得格格地作响"。母亲的话，使他明白，作为一个男子汉，此生唯一的目的就是复仇。当他在复仇的猛火燃烧中，拿起那柄使"窗外的星月和屋里的松明似乎都骤然失了光辉"的雄剑时，"他觉得自己已经改变了优柔的性情；他决心要并无心事一般，倒头便睡，清晨醒来，毫不改变常态，从容地去寻他不共戴天的仇雠"。但这种成熟是十分幼稚的，他暗下的决心，颇类似小孩子打架时的咬牙发狠。当他把复仇的计划付诸实施时，决心便开始动摇。在路上，"一个孩子突然跑过来，几乎碰着他背上的剑尖，使他吓出了一身汗"。在冲向楚王的车驾时，"只走了五六步，就跌了一个倒栽葱"，并且还被一个干瘪脸少年扭住不放。看来，欲报父仇，光有决心没有临危不惧的胆魄和超人的技巧也是不行的。就在眉间尺被干瘪脸少年扭住不放的瞬间，"黑须黑眼睛，瘦得如铁"的黑衣人出现了。他对着眉间尺"冷冷地一笑"，"举手轻轻地一拨干瘪脸少年的下巴，并且看定了他的脸"，那少年就"不觉慢慢地松了手，溜走了"。他的眼睛好像"两点燐火"，声音"好像鸱鸮"，这是一个冷酷如铁的复仇者形象。他不愿眉间尺称他为"义士"，说他"同情寡妇孤儿"。他厌烦地回答道："唉，孩子，你再不要提这些受了污辱的名称。"他严冷地说，"仗义，同情，那些东西，先前曾经干净过，现在却都成了放鬼债的资本。我的心里全没有你所谓的那些。我只不过要给你报仇！"

这种"只不过要给你报仇"的思想，表现了他内心深处的忧愤，近乎虚无绝望的忧愤。他的激情经过铸剑一样的锻炼，达到了"看上去好像一无所有了"的程度。这正是一个久经磨炼、灵气内藏、精光内敛的战士形象。在他身上再也找不到眉间尺那般的"决心""勇气"之类的浅薄东西，正如他自己所说："我的魂灵上是有这么多的，人我所加的伤，我已经憎恶了我自己！"

一个能够憎恶自己的人，当然不会再如热血少年那样把决心和勇气挂在嘴上。他所着力追求的，就是如何置敌于死命的战斗策略和方法。小说中那奇异的人头魔术，正是他复仇艺术的生动写照。

一切暴君，都喜好杀戮。黑衣人投其所好，用眉间尺的头来引诱他，他果然上当。最喜欢看人头的人的头，竟也变成了整个复仇把戏的组成部分。这里富有意味。

我十几岁的时候，就从中学的语文课本里看到了这篇小说，几十年后，还难忘记这篇奇特的小说对我的心灵震撼。尽管当时不可能完全看懂这篇小说，但我还是能感受到这篇小说深刻的内涵、丰富的象征和瑰奇的艺术魅力。

离开了身体的头颅，尚能放声歌唱，尚能继续与仇人搏斗，这的确是迷人的描写。都说这里有象征，但谁也说不清楚，头颅象征着什么，青剑象征着什么，黑衣人又象征着什么。它们既是头又不是头，既是剑又不是剑，既是人又不是人。这是一种黑得发亮的精神，就像葛里高利①看到的那轮黑色的太阳。这是一种冷得发烫、热得像冰的精神。而这恰恰就是鲁迅一贯的精神。

每读《铸剑》，即感到那黑衣人就是鲁迅的化身。鲁迅的风格与黑衣人是那么的相像。到了晚年，他手中的笔，确如那柄青色的雄剑，看似有形却无形，看似浑圆却锋利，杀人不见血，砍头不留痕。黑衣人复仇的行动过程，体现了鲁迅与敌人战斗的方法。

---

① 长篇小说《静静的顿河》的男主人公。——编者注

近来我很是读了一些武侠小说，颇有所得，但也深感武侠小说夸饰太过，没有分寸感，破坏了小说本应具有的寓言性和象征性。文字和语言因夸饰而失去了张力，丧失了美学价值，只能靠故事的悬念来吸引读者。《铸剑》取材于古代传奇，但由于投入了饱满的感情，所以应视为全新的创造，而不是什么"故事新编"。我一直在思考所谓严肃小说向武侠小说学习的问题。如何汲取武侠小说迷人的因素，从而使读者把书读完，这恐怕是当代小说的一条出路。

眉间尺听了黑衣人一席话，就果敢地挥剑砍下了自己的头颅。他的行为让我大吃了一惊。这孩子，怎么能如此轻信一个陌生人呢？其实，眉间尺这一剑，其勇敢程度，并不亚于手刃仇敌，甚至还要难上数倍。他这种敢于信任他人的精神，同样是泣天动地。超常的心灵，往往披着愚笨的外衣。

对一个永恒的头脑来说，个人一生中的痛苦和奋斗、成功和失败，都如过眼的烟云。黑衣人是这样的英雄，鲁迅在某些时刻也是这样的英雄。唯其如此，才能视生死如无物，处剧变而不惊。黑衣人连自己都憎恶了，鲁迅呢？

《铸剑》之所以具有如此撼人的力量，得之于其与现实保持着距离。小说并不负责帮助农民解决卖粮难的问题，更不能解决工人失业。小说要说的就是那样一种超常的精神。当然这只是我喜欢的一种小说。

《故事新编》的其他篇什，则显示出鲁迅的另一面。他经常把一己的怨怼，改头换面，加入小说中去。如《理水》中对顾颉刚的影射，就是败笔。但无论如何，《故事新编》都是一部奇书。这本书里隐含了现代小说中几乎所有的流派。就连其中的败笔，也被当今的人们发扬光大。油滑和幽默，只隔着一层薄纸。

我至今还认为，《铸剑》是鲁迅最好的小说，也是中国最好的小说。

（1998 年 6 月）

清醒的说梦者
——关于余华及其小说的杂感

1987 年，有一位古怪而残酷的青年小说家以他的几部血腥的小说震动了文坛。一时间，大部分评论家的目光，都集中在他的身上。此人姓余名华，浙江海盐人。后来，我有幸与他同居一室，进行着同学的岁月，逐渐地对这个诡异的灵魂有所了解。坦率地说，这是个令人不愉快的家伙。他说话期期艾艾，双目长放精光，不会顺人情说好话，尤其不会崇拜"名流"。据说他曾经当过五年牙医，我不敢想象病人在这个狂生的铁钳下会遭受什么样子的酷刑。当然，余华也有他的另外一面，这另外的一面也就是跟我们差不多的一面。这一面在文学的眼光下显得通俗而平庸。我欣赏的是那些独步雄鸡式的、令人不愉快的东西。正常的人一般在浴室里才引吭高歌，余华却在大庭广众面前狂叫。他基本上不理会别人会有的反应，而比较自由地表现他的狂欢的本性。狂欢是童心的最露骨的表现，是浪漫精神的最充分的体现。这家伙在某种意义上是个顽童，在某种意义上又是个成熟得可怕的世故老人。对人的理解促使我重新考虑他的小说，试图说一点关于艺术的话，尽管这显得多余。任何一位有异秉的人都是一个深不可测的陷阱，都是一本难念的经文，都是一颗难剃的头颅。对余华的分析注定了也是一桩出力不讨好的营生。这里用得上孔夫子的精神：知其不可为而为之。

我首先要做的工作是缩小研究的范围，把这个复杂的性格放在一边，简单地从思想和文学的能力方面给他定性：

这是一个具有很强的理性思维能力的人，他清晰的思想脉络借助于有条不紊的逻辑转换词，曲折但是并不隐晦地表达出来。这个人善于在小说中施放烟幕弹，并且具有超卓的在烟雾中捕捉亦鬼亦人的幻影的才能。

上述两方面的结合，正如矛盾的统一，构成了他的一批条理清楚的仿梦小说。于是余华就成了中国当代文坛上的第一个清醒的说梦者。

这种类型的小说，并非余华的首创。如卡夫卡的作品，可以说篇篇都有梦中境界。最典型的如《乡村医生》，简直就是一个梦境的实录。也许他就是记录了一个梦境。这都无关紧要。余华曾经坦率地承认卡夫卡给他的启示。在他之前，加西亚·马尔克斯在巴黎的阁楼上读完卡夫卡的《变形记》后，也曾经如梦初醒地说："小说原来可以这样写！"

这是一种对于小说的顿悟，而那当头的棒喝，完全是来自卡夫卡小说中那种对于生活或是世界的独特的看法。卡夫卡如同博尔赫斯，也是一位为了作家写作的作家。他的意义在于他的小说中那种超越了生活的、神谕般的力量。每隔些年头，就会有一个具有慧根的天才，从他的著作中，读出一些法门来，从而羽化成仙。余华就是一个这样的幸运儿郎。

毫无疑问，这个令人不愉快的家伙，是个"残酷的天才"。也许是牙医的职业生涯培养和发展了他的这种天性，促使他像拔牙一样把客观事物中包含的确定性的意义全部拔掉了。据说他当牙医时就是这样：全部拔光，不管好牙还是坏牙。这是一个彻底的牙医，改行后，变成了一个彻底的小说家。于是，在他营造的文学口腔里，剩下的只有血肉模糊的牙床，向人们昭示着牙齿曾经存在过的幻影。由此推论，如果让他画一棵树，他大概只会画出树的影子。

当然，我捕捉到的，也仅仅是他的影子。

是什么样子的因缘，使余华成了这样的小说家？这是传记作家的任务。现在，我翻开他的第一本小说集《十八岁出门远行》。我没有精力读完这部小说集，况且，我也认为，对一个作家来说，似乎也没有去把他的全部作品读完的必要，无论他是多么优秀。

我来分析《十八岁出门远行》里的仿梦成分。他写道："柏油马路起伏不止，马路像是贴在海浪上。我走在这条山区公路上，我像一条船。"

小说开篇，就如同一个梦的开始。突如其来，一个梦境、一个随着起伏的海浪漂流的旅途开始了。当然，这是剪裁过的梦境。这个梦有一个中心，那就是焦虑，就是企盼，因为企盼而焦虑，因为焦虑而企盼，就像梦中的孩童因为尿迫而寻找厕所一样。但我更愿意把小说中的主人公寻找旅馆的焦虑看成是寻找新的精神家园的焦虑。黄昏的迫近加重了这焦虑，于是梦的成分越来越强："公路高低起伏，那高处总在诱惑我，诱惑我没命地奔上去看旅店，可每次都只看到另一个高处，中间是一个叫人沮丧的弧度。"

这里描写的感觉，是部分神经被抑制的感觉，是一种无法摆脱的强迫症，也是对希腊神话中推着巨石上山的西绪福斯故事的一种改造。人生总是陷在这种荒谬的永无止境的追求中，一直到最后的一刻才会罢休。这里包含着人类生活中最为常见的，但谁也无法摆脱的公式。人永远是这公式的证明材料，英雄豪杰，无一例外。这是真正的梦魇。

"尽管这样我还是一次一次地往高处奔，次次都是没命地奔。眼下我又往高处奔去。这一次我看到了，看到的不是旅店而是汽车。"汽车突兀地出现在"我"的视野之内，而且是毫无道理地对着我开来，没有任何的前因后果，正符合梦的特征。汽车是确定的，但汽车的出现却是不确定的，它随时可以莫名其妙地出现，又随时可以莫名其妙地消失，就如同卡夫卡的《乡村医生》中那个从窗框中伸进来的红色马头一样。马从哪里来？要往哪里去？何须问？但马头毕竟就这样从窗框中伸了进来。

随即"我"就搭上了车，随即汽车就抛了锚。这也许是司机的诡计，也许是真的抛锚。后来，一群老乡拥上来把车上的苹果哄抢了。"我"为保护苹果结果竟然被打了个满脸开花。

司机的脸上始终挂着笑容（笑容是肯定的，为什么笑，笑什么，不知道），并且抢走了"我"的书包和书。然后司机抛弃车辆，扬长而去。

这部小说的精彩之处在于司机与那些抢苹果老乡的关系所布下的巨大谜团。这也是余华在这篇小说里释放的第一颗烟幕弹。如果把这当成一个方程式，那么这个方程式是个不定式，它起码存在着两个以上的根，存在着无数的可能性。确定的只是事件的过程。因为存在着许多可能性，事件的意义也就等于被彻底瓦解。事件是反逻辑的，但又准确无误。为什么？鬼知道。对这篇小说进行确定意义的探讨，无疑是一种愚蠢的举动。当你举着一大堆答案去向他征询时，他会说，我不知道。他说的是真话。是的，他也不知道。梦是没有确定的意义的。梦仅仅是由一系列事件构成的过程，它只是作为梦存在着。诠释这类小说，如同给人圆梦一样，除了牵强附会、胡说八道，你还能说什么呢？

《十八岁出门远行》是当代小说中一个精巧的样板，它真正的高明之处即在于它用多样的可能性瓦解了故事本身的意义，而让人感受到一种由悖谬的逻辑关系与清晰准确的动作构成的统一所产生的梦一样的美丽。

应该进一步说明的是，故事的意义崩溃之后，一种关于人生、关于世界的崭新的把握方式产生了。这就是他在他的小说的宣言书《虚伪的作品》中所阐述的："人类自身的肤浅来自经验的局限和对精神本质的疏远，只有脱离常识，背弃现状世界提供的秩序和逻辑，才能自由地接近真实。"

其实，当代小说的突破早已不是形式上的突破，而是来自哲学的突破。余华能用清醒的思辨来设计自己的方向，这是令我钦佩的，自然也是我望尘莫及的。

那个十八岁的小伙子终究没有找到旅馆，就像那个始终没有找到厕所的孩子一样。多么令人高兴，他到底没有尿在床上。

（1989 年 12 月）

福克纳大叔，你好吗

前几天在斯坦福大学演讲时，我曾经说过，一个作家读另一个作家的书，实际上是一次对话，甚至是一次恋爱，如果谈得成功，很可能成为终身伴侣，如果话不投机，大家就各奔前程。今天，我就具体地谈谈我与世界各地的作家们对话，也可以说是恋爱的过程。在我的心目中，一个好的作家是长生不死的，他的肉体当然也与常人一样迟早要化为泥土，但他的精神却会因为他的作品的流传而永垂不朽。在今天这种纸醉金迷的社会里，说这样的话显然不合时宜——因为比读书有趣的事情实在是太多了——但为了安慰自己，鼓励自己继续创作，我还是要这样说。

几十年前，当我还是一个在故乡的草地上放牧牛羊的顽童时，就开始了阅读生涯。那时候在我们那个偏僻落后的地方，书籍是十分罕见的奢侈品。在我们高密东北乡那十几个村子里，谁家有本什么样的书我基本上都知道。为了得到阅读这些书的权利，我经常去给有书的人家干活。我们邻村一个石匠家里有一套带插图的《封神演义》，这套书好像是在讲述三千年前的中国历史，但实际上讲述的是许多超人的故事。譬如说一个人的眼窝里长出了两只手，手里又长出两只眼，这两只眼能看到地下三尺的东西；还有一个人，能让自己的脑袋脱离脖子在空中唱歌，他的敌人变成了一只老鹰，将他的脑袋反着安装在他的脖子上，结果这个人往前跑时，实际上是在后退，而他往后跑时，实际上是在前进。这样的书对我这样的整天沉浸在幻想中的儿童，具有难以抵御的吸引力。为了阅读这套书，我给石匠家里拉磨磨面，磨一上午面，可以阅读这套书两个小时，而且必须在他家的磨道里读。我读书时，石匠的女儿就站在我的背后监督着我，时间一到，马上收走。如果我想继续阅读，那就要继续拉磨。那时在我们那里根本就没有钟表，所以，所谓两个小时，全看石匠女儿的情绪，她情绪好时，时间就走得缓慢，她情绪不好时，时间就走得飞快。为了让这个小姑娘保持愉快的心情，我只好到邻居家的杏树上偷杏子给她吃。像我这样的馋鬼，能把偷来的杏子送给别人吃，简直就像让馋猫把嘴里的鱼吐出来一样，但我还是将得来不易的杏子送给那个女孩。总之，在我的童年时代，我付出了巨大的代价，把我们周围那十几个村子里的书都读完了。那时候我的记忆力很好，不但阅读的速度惊人，而且几乎是过目不忘。至于把读书看成是与作者的交流，在当时是谈不上的。当时是纯粹地为了看故事，而且非常投入，经常因为书中的人物而痛哭流涕，也经常爱上书中那些可爱的人。

我把周围村子里的十几本书读完之后，十几年里，几乎再没读过书。我以为世界上的书就是这十几本，把它们读完了，就等于把天下的书读完了。这一段时间我在农村劳动，与牛羊打交道的机会比与人打交道的机会多，我在学校里学会的那些字也几乎忘光了。但我的心里还是充满了幻想，希望能成为一个作家，过上幸福的生活。当年，邻村石匠的女儿已经长成了一个很漂亮的大姑娘，她扎着一条垂到臀部的大辫子，生着两只毛茸茸的眼睛，一副睡眼蒙眬的样子。我对她十分着迷，经常用自己艰苦劳动换来的小钱买来糖果送给她吃。她家的菜园子与我家的菜园子紧靠着，傍晚的时候，我们都到河里担水浇菜。当我看到她担着水桶、让大辫子在背后飞舞着从河堤上飘然而下时，我的心里百感交集。我感到她是地球上最美丽的人。我跟在她的身后，用自己的赤脚去踩她留在河滩上的脚印，仿佛有一股电流从我的脚直达我的脑袋，我心中充满了幸福。我鼓足了勇气，在一个黄昏时刻，对她说我爱她，并且希望她能嫁给我做妻子，她吃了一惊，然后便哈哈大笑。她说："你简直是癞蛤蟆想吃天鹅肉！"我感到自尊心受到了沉重的打击，但痴心不改，又托了一个大嫂去她家提亲。她让大嫂带话给我，说我只要能写出一本像她家那套《封神演义》一样的书，她就嫁给我。我到她家去找她，想对她表示一下我的雄心壮志，她不出来见我，她家那条凶猛的大狗却像老虎似的冲了出来。前几天在斯坦福演讲时，我曾经说是因为想过上一天三次吃饺子那样的幸福日子才发奋写作，其实，鼓舞我写作的，除了饺子之外，还有石匠家那个睡眼蒙眬的姑娘。我至今也没能写出一本像《封神演义》那样的书，石匠家的女儿早已经嫁给铁匠的儿子并且成了三个孩子的母亲。

我大量地阅读是我在大学的文学系读书的时候，那时我已经写了不少并不出色的小说。我第一次进学校的图书馆时大吃一惊，我做梦也没想到，世界上已经有这么多人写了这么多书。但这时我已经过了读书的年龄，我发现我已经不能耐着心把一本书从头读到尾，我感到书中那些故事都没有超出我的想象力。我把一本书翻过十几页就把作者看穿了。我承认许多作家都很优秀，但我跟他们之间共同的语言不多，他们的书对我用处不大，读他们的书就像我跟一个客人彬彬有礼地客套，这种情况直到我读到福克纳为止。

我清楚地记得那是 1984 年的 12 月里一个大雪纷飞的下午，我从同学那里借到了一本福克纳的《喧哗与骚动》，我端详着印在扉页上穿着西服、扎着领带、叼着烟斗的那个老头，心中不以为意。然后我就开始阅读由中国的一个著名翻译家写的那篇漫长的序文，我一边读一边欢喜，对这个美国老头许多不合时宜的行为我感到十分理解，并且感到很亲切。譬如他从小不认真读书，譬如他喜欢胡言乱语，譬如他喜欢撒谎，他连战场都没上过，却大言不惭地对人说自己驾驶着飞机与敌人在天上大战，他还说他的脑袋里留下一块巨大的弹片，而且因为脑子里有弹片，才导致了他烦琐而晦涩的语言风格。他去领诺贝尔奖奖金，竟然醉得连金质奖章都扔到垃圾桶里。肯尼迪总统请他到白宫赴宴，他竟然说为了吃一次饭跑到白宫去不值得。他从来不以作家自居，而是以农民自居，尤其是他创造的那个"约克纳帕塔法县"更让我心驰神往。我感到福克纳像我故乡的那些老农一样，在用不耐烦的口吻教我如何给马驹子套上笼头。

接下来我就开始读他的书，许多人都认为他的书晦涩难懂，但我却读得十分轻松。我觉得他的书就像我的故乡那些脾气古怪的老农的絮絮叨叨一样亲切，我不在乎他对我讲了什么故事，因为我编造故事的才能绝不在他之下，我欣赏的是他那种讲述故事的语气和态度。他旁若无人，只顾讲自己的，就像当年我在故乡的草地上放牛时一个人对着牛和天上的鸟自言自语一样。在此之前，我一直还在按照我们的小说教程上的方法来写小说，这样的写作是真正的苦行。我感到自己找不到要写的东西，而按照我们教材上讲的，如果感到没有东西可写时，就应该下去深入生活。读了福克纳之后，我感到如梦初醒，原来小说可以这样地胡说八道，原来农村里发生的那些鸡毛蒜皮的小事也可以堂而皇之地写成小说。他的约克纳帕塔法县尤其让我明白了，一个作家，不但可以虚构人物、虚构故事，而且可以虚构地理。于是我就把他的书扔到了一边，拿起笔来写自己的小说了。受他的约克纳帕塔法县的启示，我大着胆子把我的"高密东北乡"写到了稿纸上。他的约克纳帕塔法县是完全的虚构，我的高密东北乡则是实有其地。我也下决心要写我的故乡那块像邮票那样大的地方。这简直就像打开了一道记忆的闸门，童年的生活全被激活了。我想起了当年我躺在草地上对着牛、对着云、对着树、对着鸟儿说过的话，然后我就把它们原封不动地写到我的小说里。从此后，我再也不必为找不到要写的东西而发愁，而是要为写不过来而发愁了。经常出现这样的情况，当我在写一篇小说的时候，许多新的构思，就像狗一样在我身后大声喊叫。

后来，在北京大学举行的福克纳国际研讨会上，我认识了一个美国大学的教授，他就在离福克纳的家乡不远的一所大学教书。他和他们的校长邀请我到他们学校去访问，我没有去成，他就寄给我一本有关福克纳的相册，那里边，有很多珍贵的照片。其中有一幅福克纳穿着破衣服、破靴子站在一个马棚前的照片，他的这副形象一下子就把我送回了我的高密东北乡，他让我想起了我的爷爷、父亲和许多的老乡亲。这时，福克纳作为一个伟大作家的形象在我的心中已经彻底地瓦解了，我感到我跟他之间已经没有了任何距离，我感到我们是一对心心相印、无话不谈的忘年之交。我们在一起谈论天气、庄稼、牲畜，我们在一起抽烟喝酒，我还听到他对我骂美国的评论家，听到他讽刺海明威。他还让我摸了他脑袋上那块伤疤，他说这个疤其实是让一匹花斑马咬的，但对那些傻瓜必须说是让德国的飞机炸的，然后他就得意地哈哈大笑，他的脸上布满顽童般的恶作剧的笑容。他告诉我一个作家应该大胆地、毫无愧色地撒谎，不但要虚构小说，而且可以虚构个人的经历。他还教导我，一个作家应该避开繁华的城市，到自己的家乡定居，就像一棵树必须把根扎在土地上一样。我很想按照他的教导去做，但我的家乡经常停电，水又苦又涩，冬天又没有取暖的设备，我害怕艰苦，所以至今没有回去。

我必须坦率地承认，至今我也没把福克纳那本《喧哗与骚动》读完，但我把那本美国教授送我的福克纳相册放在我的案头上，每当我对自己失去了信心时，就与他交谈一次。我承认他是我的导师，但我也曾经大言不惭地对他说：“嗨，老头子，我也有超过你的地方！”我看到他的脸上浮现出讥讽的笑容，然后他就对我说：“说说看，你在哪些地方超过了我？”我说：“你的那个约克纳帕塔法县始终是一个县，而我在不到十年的时间内，就把我的高密东北乡变成了一个非常现代的城市。在我的新作《丰乳肥臀》里，我让高密东北乡盖起了许多高楼大厦，还增添了许多现代化的娱乐设施。另外我的胆子也比你大，你写的只是你那块地方上的事情，而我敢于把发生在世界各地的事情，改头换面拿到我的高密东北乡，好像那些事情真的在那里发生过。我的真实的高密东北乡根本就没有山，但我硬给它挪来了一座山；那里也没有沙漠，我硬给它创造了一片沙漠；那里也没有沼泽，我给它弄来了一片沼泽；还有森林、湖泊、狮子、老虎……都是我给它编造出来的。近年来不断地有一些外国学生和翻译家到高密东北乡去看我在小说中描写过的那些东西，他们到了那里一看，全都大失所望，那里什么也没有，只有一片荒凉的平原，和平原上的一些毫无特色的村子。"福克纳打断我的话，冷冷地对我说："后起的强盗总是比前辈的强盗更大胆！"

我的高密东北乡是我开创的一个文学的共和国，我就是这个王国的国王。每当我拿起笔，写我的高密东北乡故事时，就饱尝到了大权在握的幸福。在这片国土上，我可以移山填海、呼风唤雨，我让谁死谁就死、让谁活谁就活。当然，有一些大胆的强盗也造我的反，而我也必须向他们投降。我的高密东北乡系列小说出笼后，也有一些当地人对我提出抗议，他们骂我是一个背叛家乡的人，为此，我不得不多次地写文章解释，我对他们说，高密东北乡是一个文学的概念而不是一个地理的概念，高密东北乡是一个开放的概念而不是一个封闭的概念，高密东北乡是在我童年经验的基础上想象出来的一个文学的幻境。我努力地要使它成为中国的缩影，我努力地想使那里的痛苦和欢乐，与全人类的痛苦和欢乐保持一致，我努力地想使我的高密东北乡故事能够打动各个国家的读者，这将是我终生的奋斗目标。

现在，我终于踏上了我的导师福克纳大叔的国土，我希望能在繁华的大街上看到他的背影，我认识他那身破衣服，认识他那只大烟斗，我熟悉他身上那股混合着马粪和烟草的气味，我熟悉他那醉汉般的摇摇晃晃的步伐。如果发现了他，我就会在他的背后大喊一声："福克纳大叔，我来了！"

（2000 年 3 月在加州大学伯克莱校区的演讲）

漫谈斯特林堡

　　能参加这样一次重要的会议并且得到在会议上发言的机会，我感到非常荣幸。

　　为了准备这篇发言稿，我特意在互联网上搜索了一下，有关斯特林堡的信息竟然有四万多条。信息之多，使许多当红作家都望尘莫及。可见，斯特林堡这团"瑞典最炽烈的火焰"，已经在中国熊熊燃烧起来了。

　　我在网上和报纸上多次看到，瑞典王国驻中国大使雍博瑞先生说："斯特林堡是瑞典的鲁迅。"这个比喻，非常具有说服力，这让那些即便对斯特林堡的作品不甚了解的人，也会清楚地知道斯特林堡在瑞典的文学地位和他在世界文学大格局中的地位。

　　今天恰好是鲁迅逝世纪念日，我们在这里召开会议，从某种意义上说，就不仅仅是对斯特林堡的纪念，也是对鲁迅的纪念。

　　我不是鲁迅研究专家，也不是斯特林堡研究专家，但我在多年之前，就感觉到这两个作家有一种遥相呼应的关系。鲁迅和斯特林堡，不仅仅是在中国和瑞典的文学地位相当，而且，他们二人的精神是相通的。

　　据鲁迅日记记载，他在 1927 年 10 月里，购买了斯特林堡的《一出梦的戏剧》《到大马士革去》《疯人自辩状》《岛的农民》

《黑旗》等书。我们不能断定鲁迅的创作是否受过斯特林堡的影响，但鲁迅对斯特林堡的作品非常熟悉，这是可以肯定的。

鲁迅和斯特林堡的作品，都表现出一种不向黑暗势力妥协的顽强的战斗精神。他们都是孤独的战斗者，都是能够深刻地洞察人类灵魂的思想者；他们都有一颗骚动不安的灵魂，都是能够发出振聋发聩声音的呐喊者；他们都是旧的艺术形式的挑战者和新的艺术形式的创造者；他们都是对本民族的语言做出了贡献的大师；他们都是真正的现代派、先锋派，都是超越了他们的时代的预言家。他们作品中提出的许多问题，依然是我们现在面临着的问题。他们当年所做的工作，今天依然没有完成，他们的作品，依然具有强烈的现实意义。

雍博瑞大使向中国读者介绍斯特林堡时说"斯特林堡是瑞典的鲁迅"，我想，中国驻瑞典的大使向瑞典读者介绍鲁迅时，也可以说："鲁迅是中国的斯特林堡。"

我在二十世纪八十年代，读过斯特林堡的长篇小说《红房间》，当时的感觉是他的小说比较枯燥，结构上有些类似中国的古典小说《儒林外史》，并没有什么了不起的。但过了不久，当我读了他的剧本《父亲》和《朱丽小姐》之后，才感到了他的深刻和伟大。回头重读《红房间》，也就读出了一种与传统小说大不一样的、不以故事情节吸引读者而以思辨的精辟紧紧抓住读者的精神力量。

最近，我通读了由我们优秀的翻译家李之义先生翻译、人民文学出版社出版的五卷本《斯特林堡文集》，被这团"炽烈的火焰"烧灼得很痛很痛。当然，他灼痛的不是我的肉体，而是我的灵魂。

1849 年出生的斯特林堡，活到今天已经是 156 岁。按二十岁为一代人计算，他应该是我祖父的祖父，是真正的老祖宗，但我在读他的时候，却丝毫没有面对祖先的感觉。我感觉到，他就是一个与我同辈的人。他的痛苦、他的愤怒，都让我联想到自己的痛苦和愤怒，也就是说，他的作品，激起了我的强烈共鸣。

我感觉到他是一个团团旋转、隆隆作响的矛盾的综合体。他不仅仅是一团炽烈的火焰，他还是一条浊浪滚滚的大河。他的灵魂中，有许多对立的东西在摩擦、碰撞、瓦解、组合，犹如滚滚而下的河流中裹挟着泥沙、卵石、杂草、鱼虾、动物的尸体，犹如一个动物园的铁笼里同时关押着狮子、老虎、恶狼和绵羊。而且那些激流时刻都想冲决大河的堤坝，而且那些动物时刻都想冲破铁笼的羁绊，而写作，成了排泄这巨大能量的唯一渠道。所以，他的作品，是真正的从灵魂深处发出的呐喊。

我感觉他是一个不但敢于拷问别人的灵魂，同时更敢于拷问自己灵魂的作家。他发出的火焰灼伤了许多人，但灼伤得最严重的还是他自己。我无端地感到斯特林堡是一个身穿黑衣、皮肤漆黑、犹如煤炭、犹如钢铁的人，就像鲁迅的小说《铸剑》里的人物"宴之敖者"。宴之敖者说："我的魂灵上是有这么多的，人我所加的伤，我已经憎恶了我自己！"这宴之敖者，正是鲁迅当时心境的写照。我觉得斯特林堡的晚年心境，与鲁迅的晚年心境十分相似：他也是饱受中伤和打击，他也是用"一个都不宽恕"的态度与他的敌人战斗，他也是在憎恨敌人的时候憎恨自己。在某种程度上，他对自己的憎恶，胜过了鲁迅对自己的憎恶。斯特林堡经常发出"刽子手比受刑者还要痛苦"的论调，他那些自命为"活体解剖"的作品，与其说是在解剖别人，不如说是在解剖自己。在没有比较全面地阅读斯特林堡之前，我的那部描写刽子手和酷刑的小说《檀香刑》受到了很多人的批评，他们说我缺少"悲悯精神"，说我"展示残酷"，我不能接受这样的批判，因为我感到我很有悲悯精神，因为我感到掩盖残酷才是真正的残酷，但我找不到有力的武器反驳这些批评。现在，我从斯特林堡这里找到了武器——刽子手比受刑者更痛苦，刽子手为了减缓痛苦而不得不为自己寻找精神解脱的方法。斯特林堡在他的晚年，经常梦到自己被放在乌普萨拉大学医学院的解剖台上被人解剖，这正是他勇于自我批判的一个象征吧。

我觉得他是一个从自我出发、以个人经验为创作源泉的作家。由于他的天性中有许多病态的东西，由于他个人的生活极其曲折复杂，所以他的创作资源就极其丰富，他的个人经验里就天然地包含着巨大的艺术能量。由于他的个人生活与社会生活纠缠在一起，由于他个人的矛盾和痛苦恰好与时代的矛盾和痛苦吻合，所以，他的那些即便是带有浓厚的自传色彩的作品，也就突破了个人经验的狭小圈子而获得了普遍的社会意义。他发自灵魂深处的呐喊，也就成了人民的呐喊和为人民的呐喊。

我觉得斯特林堡是一个习惯于白日做梦的作家。他大概经常把梦境和现实混淆起来，经常把作品中的人物和他自己混淆起来，正如他自己所说："我仿佛是在睡梦中走路，想象似乎和生活合而为一。"因此，他把自传写成了小说，而把小说和戏剧写成了自传。他的有些作品是模仿了自己的生活，而他的生活，有时候也会模仿自己的作品。确实有许多人给他制造了痛苦，但我觉得，他自己给自己制造的痛苦，比所有的人给他制造的痛苦都要深重。这样的人，如果不当作家，那确实会很麻烦。

　　许多没有读过斯特林堡作品的人，也知道他是一个憎恨女性的人。我读完他的文集后，深深地感觉到这是一个错误的结论。我觉得他是一个极其热爱、极其崇拜、极其依赖女性的人。我看了他写给女人的情书——我的天呐——他果然是瑞典词汇量最大的作家，天下的甜言蜜语似乎都被他说尽了。他的那些信洋溢着灼热的真实感情，绝不是为了让女人上钩的花言巧语。我想无论多么高贵、冷漠的女人，碰上斯特林堡这样的追求者，大概最终也会举手投降。他也确实用最恶毒的语言辱骂过他曾经用最美好的语言歌颂过的女人，但我认为这不能成为他憎恨女性的证据，就像我们不能根据一个人对食物的咒骂得出这是一个憎恨食物的人的结论一样。一个美食家，也必定是一个对食物最挑剔的人。我觉得他是一个极端的理想主义者，他希望女性完美无缺，但平凡庸俗的婚姻生活中的女人，总不如恋爱中的女人可爱。恋爱中的斯特林堡爱情激荡，婚姻中的斯特林堡丧心病狂。我想，如果斯特林堡不结婚，只恋爱，那么，他的小说和戏剧中的女人，就会是另外的模样。那样，他就不会背上憎恶女性的恶名，而很可能会成为热爱女性的榜样。

　　我还觉得，斯特林堡最伟大的一部作品，就是他的全部生活。他的爱情、他的婚姻、他的奋斗、他的抗争、他的荣耀、他的耻辱、他的写作、他的研究、他的短暂富贵、他的颠沛流离、他的拥趸万千、他的众叛亲离……这一切，构成了一部交响乐般的伟大作品。这既是"一出梦的戏剧"，也是一部"鬼魂奏鸣曲"，更是一个丰富得无与伦比的灵魂的历史。

　　中国的著名诗人臧克家先生在纪念鲁迅时曾经写道："有的人活着，他已经死了；有的人死了，他还活着。"这样的颂诗，斯特林堡也当之无愧。斯特林堡和鲁迅虽然都死了，但是永远活着的人，他们永远活在自己的作品里，使一代代的读者，感到他们是自己的同代人。

（2005 年 10 月在北京大学斯特林堡研讨会上的发言）

一个人的"圣经"

——读奥兹的《爱与黑暗的故事》

阿摩司·奥兹先生在《爱与黑暗的故事》中文版前言里说:"假如你一定要我用一个词形容我书中所有的故事,我会说:家庭。要是你允许我用两个词形容,我会说:不幸的家庭。"十年前,奥兹先生的五本著作的中文版同时推出时,他也曾经说过:"我的小说主要探讨神秘莫测的家庭生活。"是的,奥兹先生在他浩瀚的著作中,的确始终保持着对家庭生活的探索热情,的确以他深刻而敏锐的洞察力于人们司空见惯的日常生活中发现了家庭生活中触目惊心或者激动人心的奥秘。读完奥兹先生的作品,尤其是读完这部《爱与黑暗的故事》后,我感到奥兹先生太谦虚了。在这部长达五百多页的巨著中,奥兹先生不仅写了他的富有传奇色彩的家庭的日常生活和百年历史,而且始终把这个家庭——犹太民族社会的细胞——置于犹太民族和以色列国家的历史与现实之中,产生了"窥一斑而知全豹"的惊人效果。这种以小见大的写法,显示了奥兹先生作为小说家的卓越才华,也为世界文学的同行们提供了可资借鉴的光辉样本。奥兹先生不仅仅是个杰出的作家,也是一个优秀的社会问题专家。尽管他并没有刻意地表现自己小说之外的才华,但这部书还是让我们看到了他在民族问题上、语言科学上、国际政治方面的学养和眼光。

《爱与黑暗的故事》带有浓厚的自传色彩，但我在阅读时，还是把它当作一部纯粹的小说。巴勒斯坦问题大概是世界上最复杂的问题，以色列与阿拉伯诸国的关系大概是世界上最复杂的关系，犹太民族与欧洲各民族和阿拉伯民族的矛盾也大概是世界上最棘手的矛盾，要用文学的方式来展示、描绘这些问题、关系和矛盾，的确是个巨大的难题。这里的确是人类灵魂的演示场，这里也的确是人的光荣和人的耻辱表现得最充分的地方，这里毫无疑问是文学的富矿，这里应该产生伟大的文学，但写作的难度之大也是罕见的。阿摩司·奥兹先生担当了这个民族、这个国家的文学代言人，用他一系列作品，尤其是这部《爱与黑暗的故事》，完成了历史赋予文学的使命。正如他在这本书中勇敢地表白的那样："你身在哪里，哪里就是世界的中心。"当然，这个世界中心是文学意义上的。全世界的文学目光，都追随着奥兹先生的笔，聚焦在小说所描写的这个犹太家庭上。周围一团漆黑，奥兹先生的笔写到哪里，哪里就闪闪发光。

作为一个身为小说作者的读者，我习惯于首先从技术层面上来解读这部作品。奥兹先生是塑造人物的高手，他娓娓道来，不动声色，用他细腻、准确的语言和无数生动的细节，将一个个性格鲜明、栩栩如生、闻其声如见其人的人物，引领到我们面前。幽默、活泼、对女人充满真正爱心的爷爷，每日进行卫生大扫除、开朗、热情的奶奶，慷慨大度的外祖父，絮絮叨叨的外祖母，学富五车的伯祖父，善良温存的伯祖母，聪明、软弱、怀才不遇的父亲，美丽冷傲、多愁善感、心如大海一样神秘莫测的母亲，像钢铁一样坚硬、武断专横的本·古里安将军……奥兹先生在这部书里写了数十个有名有姓的人物，有的人物仅仅出场一次，但奥兹先生也能以画龙点睛般的描写，赋予他生命，让他散发出生命的气息。

奥兹先生善于营造场面，他的人物总是处在运动中。他把人物的行动、人物的语言、人物的丰富感受、许多极富象征意义的细节，与一个又一个独特的场面交织在一起，构成一幅连绵不绝的生活和历史画卷。我们跟随着他的笔，跟随着他小说中的人物，穿越耶路撒冷的大街小巷，进入约瑟夫·克劳斯纳的书房；我们跟随着面孔通红的格里塔阿姨进入迷宫般的服装店，进入黑暗的储藏室；我们嗅到了樟脑球的气味，看到了那个脖子上挂着裁缝皮尺、和善的眼睛下有两个大眼袋的阿拉伯父亲；我们跟随着他们进入阿拉伯的富人区，见到了浓密的眉毛连成一线的阿拉伯少女阿爱莎和她的弟弟；我们跟随着主人公爬上树梢，体验着他的被友爱和虚荣充溢着的少年心境，以及误伤小男孩之后那种悔恨交加的心情；我们跟随着他们进入那个惊心动魄的联合国表决之夜，众多的犹太人仿佛变成了石头，黑暗的街道、灿烂的星空、颤抖的空气，危机四伏而又充满希望，然后是灾难性的喊叫；我们仿佛看到了主人公的父亲，这个能讲多种语言、温文尔雅、彬彬有礼的男人站在那里吼叫，没有词语的吼叫，"好像那时还没有发明文字"；我们看到了主人公的母亲，这个冷漠矜持的妇女，第一次与她的形同路人的丈夫相拥相抱，民族、国家的命运和个人家庭的命运如此动人地交融在一起。而在犹太人居住区外，无数的阿拉伯人，正在沉默中，准备迎接被驱逐出家园的悲惨命运，并准备着流血、战斗、牺牲——这个场面，是阿摩司·奥兹为世界文学做出的贡献，它必将成为经典，它已经成为经典——我们跟随着主人公进入被骄阳曝晒着的基布兹，进入基布兹的鸡场与会所，嗅到集体食堂的饭菜香气，看到拖拉机颠簸奔跑时激起的烟尘，看到那位父亲面对着皮肤黑红、故作粗野状的儿子的尴尬神情；我们跟随主人公，战战兢兢地进入本·古里安将军简陋的办公室，感受到了这位铁腕人物既令人恐惧又令人亲近的独特魅力；我们跟随主人公和他的母亲去图书馆寻找父亲，领略了这对夫妻之间病态的感情和这个家庭里压抑的氛围，以及在冷漠、敌视中依然存在的爱与温暖。母亲之死是全书的核心，也是最后的高潮。作者以"基因和染色体"的忠实，再现了母亲那两次漫长的雨中漫步，如同一个超长的电影镜头，追随着这个因为过于美丽、过于聪明、过于敏感、过于痴情而与那片战火频仍、被鲜血浸泡过的土地格格不入的女人的一生。她从远处走来，从眼前走出，往远处走去，只留给我们一个难以言说的背影。

读奥兹先生的这部小说，可以感受到他对耶路撒冷这个光荣的，同时也是多灾多难的城市了如指掌。他熟悉这城市的每一条大街和小巷，熟悉这城市的每一座建筑物和每一棵树，当然，他更熟悉在这个城市里生活着和生活过的人。这部书兼备普鲁斯特《追忆似水年华》的微妙和乔伊斯《尤利西斯》的精确，就像根据《追忆似水年华》可以感受十九世纪法国贵族的生活，根据《尤利西斯》可以复制都柏林这个城市一样。读过《爱与黑暗的故事》，我们这些没有到过以色列的人，就仿佛是耶路撒冷的居民，并与小说主人公的家族是多年的朋友。

除了奥兹先生精湛的小说技艺，我更加欣赏奥兹先生在他的著作中表现出来的博大胸怀。他宽容、理智，充满爱心；他站在全人类的高度来俯瞰这片土地和在这片土地上搏斗着、挣扎着、艰难生存的人们。他说："在个体和民族的生存中，最为恶劣的冲突经常发生在那些受迫害者之间。受迫害者与受压迫者会联合起来，团结一致，结成铜墙铁壁，反抗无情的压迫者，不过是种多愁善感、满怀期待的神思。在现实生活中，遭到同一父亲虐待的两个儿子并不能真正组成同道会，让共同的命运把他们密切地联系在一起，他们不是把对方视为同命相连的伙伴，而是把对方视为压迫他的化身——或许，这就是近百年来的阿犹冲突。"

奥兹先生是犹太人，但他的目光超越了犹太民族；奥兹先生是以色列国民，但他的胸怀包容了全人类。犹太人几千年来流离失所，希特勒屠杀他们，斯大林也屠杀他们。同样，阿拉伯人也是苦难深重。犹太人建立以色列国，希望有一块安身立命的土地，这是正当的正义要求，但阿拉伯人捍卫自己的家园也是庄严的行为。于是冤冤相报，兵连祸结，血流成河，经久不止。两个苦难深重的民族，犹如僵持在一座独木桥上的两头山羊。

奥兹先生发出的声音是清醒的、智慧的声音。他的《爱与黑暗的故事》充满忏悔精神，充满包容性。这本书中没有真正意义上的坏人，但好人带给好人的痛苦也许更加难以忍受。正如作者自述："它并非一部黑白分明的小说，而是将悲剧与喜剧、欢乐与渴望、爱与黑暗结合在了一起。"而这些，正是伟大作品的内在本质。

我认为《爱与黑暗的故事》具有《圣经》般的宽容与诚实，这是奥兹先生一个人的"圣经"，但我希望它能成为所有善良的人的"圣经"。因为，从这本书中，我们可以读到自己的灵魂的秘密。

（2007 年 9 月在北京"阿摩司·奥兹作品讨论会"上的发言）

好大一场雪

——读帕慕克的《雪》

两年前，我读完《我的名字叫红》之后，即对帕慕克先生娴熟的文学技巧赞赏不已。在土耳其使馆召开的研讨会上，我曾经说过："天空中冷空气与热空气交融会合的地方，必然会降下雨露；海洋中寒流与暖流交汇的地方，必然会繁衍丰富的鱼类；而在多种文化碰撞交流的地方，总是能够产生优秀的作家和优秀的作品。因此可以说，先有了伊斯坦布尔这座城市，然后才有了帕慕克的小说。"这段话被多家报刊引用，我自己也颇为得意。但读完了他的《雪》之后，我感到惭愧，因为那段看起来似乎公允的话，实际上是对帕慕克创作个性与艺术技巧的忽略。

当然，伊斯坦布尔这座联结欧亚大陆、有着悠久历史、融汇了多种文化、汇聚了诸多矛盾和冲突的城市，毫无疑问地对帕慕克的创作产生了深刻的影响，但像帕慕克这样一个具有优雅气质、饱读诗书、对人类命运极为关切的文学天才，即使不在伊斯坦布尔，依然会创作出杰出的作品，依然会放射出夺目的光彩。《雪》就是证明。下面，我试从四个方面来谈一下此书的艺术特点。

叙事的迷宫

卡夫卡让他的 K 始终在城堡外徘徊，帕慕克却让他的卡轻而易举地闯入了这座城市，而且是迅速地置身于这座城市的矛盾冲突中，由一个外来者迅速地变为矛盾的焦点。读者跟随着卡，一步步深入迷宫，先是像卡一样迷茫，继而像卡一样惊悚，然后伴随着他，体验着幸福、痛苦、企盼、焦虑、犹豫、嫉妒等等感受，直至逃离这座城市。卡直到死时，大概也没弄明白他这次爱情之旅何以演变成了死亡之旅，但读者却明白了他的失败，在于他的看似纯洁无瑕的爱，其实包藏着贪欲、自私和怯懦。读者之所以能超出小说人物的视野并对他的行为进行居高临下的审视，我想这得力于小说中的叙事者奥尔罕的不断介入。这种元小说技巧，既为作家提供了叙事的便利，也为读者的阅读制造了心理空间。

《雪》的结构之妙不仅仅在于作者设置了奥尔罕这个介于小说作者与小说主人公之间的人物，而且，作者运用"戏中戏""书中书"的方法，使这部小说呈现出层层叠叠的状态。

苏纳伊·扎伊姆一手导演的、在民族剧院上演的那两场戏剧，把小说推向了两次高潮。这两场真假难辨的戏剧，既是小说精巧的结构，又赋予了这部小说以荒诞的色彩，从而影响了小说的整体风格。而作家帕慕克写出的这本《雪》和奥尔罕寻找着的那本《雪》，以及卡创作着的那本《雪》，成为一个优雅的副题，使这部表现严肃内容的政治小说，蒙上了一层忧伤而温情的面纱。

喧哗的众声

在一部小说中，作者究竟应该扮演一个什么角色，是直接跳出来进行道德说教和评判，还是隐身其后，让小说中人物各抒己见、自由表演？帕慕克先生非常聪明地取了后一种态度。处理这样一部涉及土耳其社会复杂现实和深层矛盾的小说，作者只能隐身其后。

《雪》中出现了形形色色的人物，有伊斯兰教徒，有无神论者，有阴险的政客，有天真的青年……书中有大量的对话、争论，内容涉及宗教、政治、爱情、幸福、生活的意义、信仰的真伪，众声喧哗，简直就是一场不同思想间的论战。作者居高临下，强有力地操控着人物，让人物充分表演，但又不突破艺术的规范，从而使小说的某些精彩篇章产生了嘉年华般的效果。

《雪》之所以能够引起广泛的争议，之所以能够产生那么强烈的震撼力，就在于它的复调性质和它的道德观念的多重性。我一向认为，伟大的小说的一个重要特征就在于它的多义性，就在于作者不用自己的道德和价值观念限制小说中人物和读者的思想。作家对社会问题当然会有自己的看法，作家当然会有自己的道德标准。但面对着世界上的许多重大问题，作家应该认识到自己的局限，你的所谓的正确思想，其实很可能带着历史的局限和自我的偏见。宽容些，让各色人等都发出自己的声音，让这些声音流传下去在历史长河中得到评判，才是一个作家比较可靠的选择。

丰富的象征

雪，无处不在的雪，变幻不定的雪，是这部小说中最大的象征符号。如前所言，雪既是本书的书中之书，又是本书的结构模式，但留给读者印象最深刻的还是那洋洋洒洒的、遮天铺地的雪。雪无处不在，人物在雪中活动，爱情和阴谋在雪中孕育，思想在雪中运行。雪使这个小城与世隔绝，雪制造了小城里扑朔迷离、变幻莫测的氛围。正因为有了雪，这里的一切都恍如梦境，这里的人、这里的物，包括一条狗，都仿佛蒙上了一层神秘色彩，带着不确定性。

帕慕克的高明之处，就在于他没用故弄玄虚的方式来赋予雪以象征性。他在书中数百处写了雪，但每一笔都很朴实，每一笔写的都是雪，但因为他的雪都与卡的心境、卡的感受密切结合着写，因此，他的雪就具有了生命，象征也就因此而产生。

写过雪的作家成千上万，但能把雪写得如此丰富，帕慕克是第一人。

生动的细节与新奇的比喻

《雪》的魅力，除了上述种种，还在于它的生动、独特的细节和丰富的充满了想象力的比喻：

> 看见点着蜡烛的餐桌，他走了过去。餐桌上所有的人和墙上的黑影都转向了卡。

——他不但写了人，还写了人的影子。这样的细节描写，建立在作家精确的观察上。

厨房的烛光里，卡看见了伊·珂和卡迪菲拥抱在一起，胳膊搂着对方的脖颈，就像一对情人。

——姐妹拥抱，像一对情人，这是新奇的比喻，也是非常准确地表现了姐妹俩特殊关系的比喻。

搜查记录做好后，卡和穆赫塔尔坐在警车后排，像犯了错的两个孩子一样一声不吭。穆赫塔尔放在膝盖上的又大又白的手像又胖又老的狗。

——以这样的比喻来写两个男人和男人的手，独特而新奇。

雪在一种神秘甚至是神圣的寂静中飘着，除了自己时隐时现的脚步声和急促的呼吸声，卡听不到任何声音。……有的雪花缓缓地向下坠落，而另外一些则坚决地向上，向黑暗深处升去。然而大厅里一片死寂……大家像蜡烛一样一动不动地坐着……

——这样的描写，既是物理的，更是心理的。这样的比喻，既是熟悉的，又是陌生的。

白铁皮烟囱被打穿了，烟像烧开了的茶壶口冒出的蒸汽一样开始向外喷着……

——这样的细节，不仅仅是观察力的表现，更是作家想象力的表现。

类似的例子，不仅在帕慕克先生的《雪》里，在他其他的作品里，都是随处可见。这是帕慕克文学魅力的一个重要方面，也是帕慕克文学才能的重要表现。他的准确、他的细腻、他的耐心，都通过这样的细节描写和精彩比喻显示出来，这样的能力，既是训练的结果，也是天才的禀赋。

我没有资格号召中国作家向帕慕克先生学习，但我自己要好好向帕慕克先生学习，当然，很多东西是无法学的。

（2008 年 5 月）

大江健三郎先生的启示

进入二十一世纪之后不到六年的时间里，大江健三郎先生连续推出了《被偷换的孩子》《愁容童子》《二百年的孩子》《别了，我的书!》这样四部热切地关注世界焦点问题、深刻地思考人类命运、无情地对自己的灵魂进行拷问并且在艺术上锐意创新的皇皇巨著。对于一个年过七旬的老人来说，这简直是个不可思议的奇迹。功成名就的大江先生，完全可以沐浴在巨大的荣光里安享晚年，但他却以让年轻人都感到吃惊的热情而勤奋工作，这样的精神，让我们这些同行敬仰、钦佩，也让我们感到惭愧。

这些天来，我一直在想，到底是一种什么力量，支撑着大江先生不懈地创作？我想，那就是一个知识分子难以泯灭的良知和"我是唯一一个逃出来向你们报信的人"的责任和勇气。大江先生经历过从试图逃避苦难到勇于承担苦难的心路历程，这历程像但丁的《神曲》一样崎岖而壮丽，他在承担苦难的过程中发现了苦难的意义，使自己由一般的悲天悯人，升华为一种为人类寻求光明和救赎的宗教情怀。他继承了鲁迅的"肩住黑暗的闸门放他们到宽阔光明的地方去"的牺牲精神和"救救孩子"的大慈大悲。这样的灵魂是注定不得安宁的。创作，唯有创作，才可能使他获得解脱。

大江先生不是那种能够躲进小楼自得其乐的书生，他有一个像鲁迅那样疾恶如仇的灵魂。他的创作，可以看成是那个不断地把巨石推到山上去的西绪福斯的努力，可以看成是那个不合时宜的浪漫骑士堂吉诃德的努力，可以看成是那个"知其不可为而为之"的孔夫子的努力。他所寻求的是"绝望中的希望"，是那线"透进铁屋的光明"。这样一种悲壮的努力和对自己处境的清醒认识，更强化为一种不得不说的责任。这让我联想到流传在中国东北地区的猎人海力布的故事。海力布能听懂鸟兽之语，但如果他把听来的内容泄露出去，自己就会变成石头。有一天，海力布听到森林中的鸟兽在纷纷议论山洪即将暴发、村庄即将被冲毁的事。海力布匆匆下山，劝说乡亲们搬迁。他的话被人认为是疯话。情况越来越危急，海力布无奈，只好把自己能听懂鸟兽之语的秘密透露给乡亲，一边说着，他的身体就变成了石头。乡亲们看着海力布变成的石头，才相信了他的话。大家呼唤着海力布的名字搬迁了，不久，山洪暴发，村子被夷为平地。——一个有着海力布般的无私精神，一个用自己的睿智洞察了人类面临着的巨大困境的人，是不能不创作的。这个"唯一的报信人"，是不能闭住嘴的。

大江先生出身贫寒，勤奋好学，博览群书，写作之初，即立志要"创造出和已有的日本小说一般文体不同的东西"。几十年来，他对小说文体、结构做了大量的探索和试验，取得了举世瞩目的成就。进入二十一世纪后，他又说："写作新小说时我只考虑两个问题，一是如何面对所处的时代，二是如何创作唯有自己才能写出来的文体和结构。"由此可见，大江先生对小说艺术的探索，已经达到入迷的境界，这种对艺术的痴迷，也使得他的笔不能停顿。

最近一个时期，我比较集中地阅读了大江先生的作品，回顾了大江先生走过的文学道路，深深感到，大江先生的作品中，饱含着他对人类的爱和对未来的忧虑与企盼，这样一个清醒的声音，我们应该给予格外的注意。他的作品和他走过的创作道路，值得我们认真学习和研究。我将他的创作给予我们的启示大概地概括为如下五点：

一、边缘/中心对立图式

正像大江先生 2000 年 9 月在清华大学的演讲中所说："我的作品，无论是小说还是随笔，都反映了一个在日本的边缘地区、森林深处出生、长大的孩子所经验的边缘地区的社会状况和文化。在作家生涯的基础上，我想重新给自己的文学进行理论定位。……我从阅读拉伯雷出发，最后归结到米哈伊尔·巴赫金的方法论研究。以三岛由纪夫为代表的观点，把东京视为日本的中心，把天皇视为日本文化的中心，针对这种观点，巴赫金的荒诞写实主义的意象体系理论，是我把自己的文学定位到边缘、发现作为背景的文化里的民俗传说和神话的支柱。巴赫金的理论，是植根于法国文学、俄国文学基础上的欧洲文化的产物，但却帮助我重新发现了中国、韩国和冲绳等亚洲文学的特质。"

对于大江先生的"边缘/中心"对立图式，有多种多样的理解。我个人的理解是，这实际上还是故乡对一个作家的制约，也是一个作家对故乡的发现。这是一个从不自觉到自觉的过程。大江先生在他的早期创作如《饲育》等作品中，已经不自觉地调动了他的故乡资源，小说中已经明确地表现出了素朴、原始的乡野文化和外来文化与城市文化的对峙，也表现了乡野文化自身所具有的双重性。也可以说，他是在创作的实践中，慢慢地发现了自己的作品中天然地包含着的"边缘/中心"对立图式。在二十世纪几十年的创作实践中,大江先生一方面用这个理论支持着自己的创作,另一方面,他又用自己的作品,不断地证明着和丰富着这个理论。他借助于巴赫金的理论,以之作为方法论,发现了自己的那个在峡谷中被森林包围着的小村庄的普遍性价值。这种价值是建立在民间文化和民间的道德价值基础上的,是与官方文化、城市文化相对抗的。

但大江先生并不是一味地迷信故乡,他既是故乡的民间文化和传统价值的发现者和捍卫者,也是故乡的愚昧思想和保守停滞消极因素的毫不留情的批评者。进入二十一世纪后的创作,更强化了这种批判,淡化了他作为一个故乡人的感情色彩。这种客观冷静的态度,使他的作品中出现了边缘与中心共存、互补的景象,他对故乡爱恨交加的态度、他借助西方理论对故乡文化的批判扬弃,最终实现了他对故乡的精神超越,也是对他的"边缘/中心"对立图式的明显拓展。这个拓展的新的图式就是"村庄—国家—小宇宙"。这是大江先生在理论上的重大贡献。他的理论,对世界文学,尤其是对第三世界的文学,具有深刻的意义。他强调边缘和中心的对立,最终却把边缘变成了一个新的中心;他立足于故乡的森林,却营造了一片文学的森林。这片文学的森林,是国家的缩影,也是一个小宇宙。这里也是一个文学的舞台,虽然演员不多、观众寥寥,但上演着的却是关于世界的、关于人类的、具有普遍意义的戏剧。

大江先生对故乡的发现和超越,对我们这些后起之辈,具有榜样的意义。或者可以说,我们在某种程度上,不约而同地走上了与大江先生相同的道路。我们可能找不到自己的森林,找不到

"自己的树"，但我们有可能找到自己的高粱地和玉米田；可能找不到植物的森林，但有可能找到水泥的森林；可能找不到"自己的树"，但有可能找到自己的图腾、女人或者星辰。也就是说，重要的问题不在于我们是否来自荒原僻野，而是我们应该从自己的"血地"，找到异质文化，发现异质文化和普遍文化的对立和共存，并进一步地从这种对立和共存状态中，发现和创造具有特殊性和普遍性共寓一体特征的新的文化。

二、继承传统与突破传统

大江先生早年学习法国文学，对萨特的存在主义理论深有研究。在他的创作的初始阶段，他立志要借助存在主义的他山之石，摧毁让他感到已经腐朽衰落的日本文学传统。但随着他个人生活中发生的重大变化和他对拉伯雷、巴赫金的大众戏谑文化和荒诞现实主义文学理论的深入研究，他重新发现了以《源氏物语》为代表的日本文学传统的宝贵价值。读大学时期，他对日本曾经非常盛行的"私小说"传统进行过凌厉的批评，但随着他创作的日益深化，他及时地修正了自己的态度。他"泼出了脏水，留下了孩子"。许多人直到现在还认为大江先生是一个彻底背叛了日本文学传统的现代派作家，这是对大江先生的作品缺乏深入研读得出的武断结论。我们认为，大江先生的创作，其实是深深地植根于日本文学传统之中的，是从日本的传统文学土壤中生长起来的文学森林。这森林里尽管可能发现某些外来树木的枝叶，但根本却是日本的。

大江先生的大部分小说，都具有日本"私小说"的元素，当然这些元素是与西方的文学元素密切地交织在一起的。大江先生的小说，无论是具有里程碑意义的《个人的体验》，还是为他带来巨大声誉的《万延元年的足球队》，还是近年来的"孩子系列"，其中的人物设置和叙事腔调，都可以看出"私小说"的传统。但这些小说，都用一种蓬勃的力量，涨破了"私小说"的甲壳。他把个人的家庭生活和自己的隐秘情感，放置在久远的森林历史和民间文化传统的广阔背景与国际国内的复杂现实中进行展示和演绎，从而把个人的、家庭的痛苦，升华为对人类前途和命运的关注。

正像大江先生自己所说的那样："其实，我是想通过颠覆'私小说'的叙述方式，探索带有普遍性的小说……我还认为，通过对布莱克、叶芝，特别是但丁的实质性引用，我把由于和残疾儿童共生而带给我和我的家庭的神秘感和灵的体验普遍化了。"

其实，所谓的"私小说"，不仅仅是日本文学中才有的独特现象，即便是当今的中国文学中，也存在着大量的类似风格的作品。如何摆脱一味地玩味个人痛苦的态度，如何跳出一味地展示个人隐秘生活的圈套，如何使个人的痛苦和大众的痛苦乃至人类的苦难建立联系，如何把对自己的关注升华为对苍生的关注从而使自己的小说具有普世的意义，大江先生的创作，为我们提供了可资借鉴的典范。其实，从某种意义上来说，所有的小说都是"私小说"，关键在于，这个"私"，应该触动所有人——起码是一部分人内心深处的"私"。

三、关注社会与介入政治

十九年前，我在写作《天堂蒜薹之歌》时，伪造过一段名人语录："小说家总是想远离政治，小说却自己逼近了政治。小说家总是想关心'人的命运'，却忘了关心自己的命运。这就是他们的悲剧所在。"政治和文学的关系，其实不仅仅是中国文学界纠缠不清的问题，也是世界文学范围内的一个问题。我们承认风花雪月式的文学独特的审美价值，但我们更要承认，古今中外，那些积极干预社会、勇敢地介入政治的作品，以其强烈的批判精神和人性关怀，更能成为一个时代的鲜明的文学坐标，更能引起千百万人的强烈共鸣并发挥巨大的教化作用。文学的社会性和批判性是文学原本具有的品质，但如何以文学的方式干预社会、介入政治，却是摆在我们面前的重大课题。

在这方面，大江先生以自己的作品为我们做出了有益的启示。大江先生的鲜明政治态度和斗士般的批判精神是有目共睹的，他对社会和政治问题的敏感和关注也是有目共睹的，但他并没有让自己的小说落入浅薄的政治小说的俗套，他没有让自己的小说里充斥着那种令人憎恶的教师爷腔调，他把他的政治态度和批判精神诉诸人物形象。他不是说教，而是思辨。他的近期小说中，存在着巨大的思辨力量，人物经常处于激烈的思想交锋中，是真正的具有陀思妥耶夫斯基风格的复调小说。正如他自己所说："我把写作这些小说期间日本和世界的现实性课题，作为具体落到一个以残疾儿童为中心的日本知识分子家庭生活的投影来理解和把握。"他把他的小说舞台设置在了他的峡谷森林中，将当下的社会现实与过去的历史事件进行比较和对照，他让来自世界各地的人物和小说主人公家庭成员同台演出。于是，正如我在前面所说，从文学的意义上，这里变成了世界的中心，如果世界上允许存在一个中心的话。

四、广采博取与融会贯通

继承民族传统和接受外来影响，是久远的文化现实，也是文学包括所有艺术发展过程中的不可或缺的两个方面。大江先生学习西洋文学出身，他对西洋文学的了解和研究深度是我们望尘莫及的。但他并没有食洋不化，他在《被偷换的孩子》中对兰波的引用，在《愁容童子》中对堂吉诃德的化用，在《别了，我的书!》中对艾略特的引用，都使他的书具有了学者小说的品格。反过来，也正是这样的具有学者品格的小说，才能包容住这么多异质的思想和艺术形式，并使它们成为一个有机的整体。大江先生在他的小说、随笔、演讲和通信中所涉及的外国作家、诗人、哲学家有数百个，并且都是那么贴切和自然，这是建立在他渊博的知识背景和广阔的文化胸怀上的。也正是有了如此的学养和胸怀，大江先生才能站在世界的高度上，倡导我们亚洲的作家们，创造"世界文学之一环的亚洲文学"。

五、关注孩子与关注未来

去年，我曾经为我的读比较文学的女儿设计了一个论文题目:《论世界文学中的孩子现象》。我对她说，从二十世纪六十年代至今，世界文学中，出现了许多以孩子为主人公，或者以儿童视角写成的小说。这种小说，已经不是《麦田里的守望者》那样的成长小说，而是具有广阔的社会背景和复杂的文化背景，塑造了独特的儿童形象。譬如德国作家君特·格拉斯的《铁皮鼓》中的奥斯卡、尼日利亚作家本·奥克利《饥饿的路》中那个阿比库孩子阿扎罗、英籍印度裔作家萨尔曼·拉什迪《午夜之子》中的萨利姆·西奈、中国作家韩少功《爸爸爸》中的丙崽、阿来《尘埃落定》中的那个白痴，以及我的小说《四十一炮》中那个被封为"肉神"的孩子罗小通和《透明的红萝卜》中的那个始终一言不发的黑孩儿。我特别地对她提到了大江先生最近的"孩子系列"小说：《被偷换的孩子》中的戈布林婴儿、《愁容童子》中的能够自由往来于过去现在时空的神童龟井铭助。我问她，为什么这么多不同国家不同文化背景的作家，会不约而同地在小说中描写孩子？为什么这些孩子都具有超常的、通灵的能力？为什么这么多作家喜欢使用儿童视角，让儿童担当滔滔不绝的故事叙述者？为什么越是上了年纪的作家越喜欢用儿童视角写作？小说中的叙事儿童与作家是什么关系？我女儿没有听完就逃跑了。她后来对我说，导师说这是一个博士论文的题目，她的硕士论文用不着研究这么麻烦的问题。

我知道自己才疏学浅，很难理解大江先生"孩子系列"作品中孩子形象的真意，但幸好大江先生自己曾经做过简单阐释，为我们的理解提供了钥匙。

大江先生在《被偷换的孩子》中，引用了欧洲民间故事中的"戈布林的婴儿"。戈布林是地下的妖精，它们经常趁人们不注意时，用满脸皱纹的妖精孩子或者是冰块做成的孩子偷换人间的美丽婴儿。大江先生认为他自己、儿子大江光和内兄伊丹十三都是被妖精偷换了的孩子。这是一个具有广博丰富的象征意义的艺术构思，具有巨大的张力。其实，岂止是大江先生、大江光和伊丹十三是被偷换过的孩子，我们这些人，哪一个没被偷换过呢？我们哪一个人还保持着一颗未被污染过的赤子之心呢？那么，谁是将我们偷换了的戈布林呢？我们可以将当今的社会、将形形色色的邪恶势力，看成是戈布林的象征，但社会不又是由许多被偷换过的孩子构成的吗？那些将我们偷偷地置换了的人，自己不也早就被人偷偷地置换过了吗？那么又是谁将他们偷偷地置换了呢？如此一想，我们势必跟随着大江先生进行自我批判，我们每个人，既是被偷换过的孩子，同时也是偷换别人的戈布林。

大江先生在他的小说和随笔中多次提到过他童年时期与母亲的一次对话，当他担心自己因病夭折时，他的母亲说："放心，你就是死了，妈妈还会把你再生一次……我会把你出生以来看过的、听过的、读过的还有你做过的事情，一股脑儿地讲给他听，而且新的你也会讲你现在说的话，所以两个小孩是完全一样的。"我想，这是大江先生为我们设想的一种把自己置换回来的方法。大江先生还为我们提供了第二种把自己置换回来的方法，那就是像故事中的那个看守妹妹时把妹妹丢失了的小姑娘爱妲一样，用号角吹奏动听的音乐，一直不停地吹奏下去，把那些戈布林吹晕在地，显示出那个真正的婴儿。

我们希望大江先生像他的母亲那样不停地讲述下去，我们也希望大江先生像故事中那个小姑娘爱妲一样不停地吹奏下去。您的讲述和吹奏，不但能使千千万万被偷换了的孩子置换回来，也会使您自己变成那个赤子！

（2006 年 9 月在大江健三郎文学研讨会上的发言）

第三辑

写作的灵感

———

　　你是否也有一个文学梦，并为之坚持写作？又或许，此刻你正在为写作文发愁？本辑中，莫言将和我们分享他的创作灵感，带领我们探索写作的奥秘。读完本辑文章，相信你一定觉得写作是一件既容易又有趣的事。

　　莫言笔下的孩子，能够听到常人听不见的声音、嗅到别人闻不到的气味；普通的场景在莫言的笔下竟有了气味、色彩、温度；莫言告诉我们，我们要扎根于生活，像土行孙一样写作；在莫言的写作生涯中，他不仅向国外优秀的作家学习，也以蒲松龄为榜样，从我国传统文化中汲取经验，形成自己的写作风格。

　　在科技高度发达的今天，文学创作似乎正被丰富的娱乐生活日益边缘化，不妨拿起笔，我们都是自己生活的大作家。

小说的气味

　　拿破仑曾经说过，哪怕蒙上他的眼睛，凭借着嗅觉，他也可以回到他的故乡科西嘉岛。因为科西嘉岛上有一种植物，风里有这种植物的独特的气味。

　　苏联作家肖洛霍夫在他的小说《静静的顿河》里，也向我们展示了他的特别发达的嗅觉。他描写了顿河河水的气味，他描写了草原的青草味、干草味、腐草味，还有马匹身上的汗味，当然还有哥萨克男人和女人们身上的气味。他在他的小说的卷首语里说，哎呀，静静的顿河，我们的父亲！顿河的气味，哥萨克草原的气味，其实就是他的故乡的气味。

　　出生在中俄界河乌苏里江里的大马哈鱼，在大海深处长成大鱼，在它们进入产卵期时，能够洄游万里，冲破重重险阻，回到它们的出生地繁殖后代。对鱼类这种不可思议的能力，我们不得其解。近年来，鱼类学家找到了问题的答案：鱼类尽管没有我们这样的突出的鼻子，但有十分发达的嗅觉和对于气味的记忆能力。就是凭借着这种能力，凭借着对它们出生的母河的气味的记忆，它们才能战胜大海的惊涛骇浪，逆流而上，不怕牺牲，沿途减员，剩下的带着满身的伤痕，回到了它们的故乡，并在完成了繁殖后代的任务后，无忧无怨地死去。母河的气味，不但为它们指引了方向，也是它们战胜苦难的力量。

从某种意义上说，大马哈鱼的一生，与作家的一生很是相似。作家的创作，其实也是一个凭借着对故乡气味的回忆，寻找故乡的过程。

在有了录音机、录像机、互联网的今天，小说的状物写景、描图画色的功能，已经受到了严峻的挑战。你的文笔无论如何优美准确，也写不过摄像机的镜头了。但唯有气味，摄像机还没法子表现出来。这是我们这些当代小说家最后的领地，但我估计好景不长，因为用不了多久，那些可怕的科学家就会把录味机发明出来。能够散发出气味的电影和电视也用不了多久就会问世。趁着这些机器还没有发明出来之前，我们应该赶快地写出洋溢着丰富气味的小说。

我喜欢阅读那些有气味的小说。我认为，有气味的小说是好的小说，有自己独特气味的小说是最好的小说。能让自己的书充满气味的作家是好的作家，能让自己的书充满独特气味的作家是最好的作家。

一个作家也许需要一个灵敏的鼻子，但仅有灵敏的鼻子的人不一定是作家。猎狗的鼻子是最灵敏的，但猎狗不是作家。许多好作家其实患有严重的鼻炎，但这并不妨碍他们写出有独特气味的小说。我的意思是，一个作家应该有关于气味的丰富的想象力。一个具有创造力的好作家，在写作时，应该让自己笔下的人物和景物，放出自己的气味。即便是没有气味的物体，也要用想象力给它们制造出气味。这样的例子很多：

德国作家聚斯金德在他的小说《香水》中，写了一个具有超凡的嗅觉的怪人，他是搜寻气味、制造香水的邪恶的天才，这样的天才只能诞生在巴黎。这个残酷的天才脑袋里储存了世界上几乎所有物体的气味。他反复比较了这些气味后，认为世界上最美好的气味是青春少女的气味，于是他依靠着他的超人的嗅觉，杀死了二十四个美丽的少女，把她们身上的气味萃取出来，然后制造出了一种香水。当他把这种神奇的香水洒到自己身上时，人们都忘记了他的丑陋，都对他产生了深深的爱意。尽管有确凿的证据，但人们都不愿意相信他就是凶残的杀手。连被害少女的父亲，也对他产生了爱意，爱他甚至胜过了自己的女儿。这个超常的怪人坚定不移地认为，谁控制了人类的嗅觉，谁就占有了世界。

马尔克斯小说《百年孤独》中的人物，放出的臭屁能把花朵熏得枯萎，能够在黑暗的夜晚，凭借着嗅觉，拐弯抹角地找到自己喜欢的女人。

福克纳的小说《喧哗与骚动》里的一个人物，能嗅到寒冷的气味。其实寒冷是没有气味的，但是福克纳这样写了，我们也并不感到他写得过分，反而感到印象深刻，十分逼真。因为这个能嗅到寒冷的气味的人物是一个白痴。

通过上述的例子和简单的分析，我们可以发现，小说中实际上存在着两种气味，或者说小说中的气味实际上有两种写法。一种是用写实的笔法，根据作家的生活经验，尤其是故乡的经验，赋予他描写的物体以气味，或者说是用气味来表现他要描写的物体。另一种写法就是借助于作家的想象力，给没有气味的物体以气味，给有气味的物体以别的气味。寒冷是没有气味的，因为寒冷根本就不是物体，但福克纳大胆地给了寒冷气味。死亡也不是物体，死亡也没有气味，但马尔克斯让他的人物能够嗅到死亡的气味。

当然，仅仅有气味还构不成一部小说。作家在写小说时应该调动起自己的全部感觉器官，你的味觉、你的视觉、你的听觉、你的触觉，或者是超出了上述感觉之外的其他神奇感觉。这样，你的小说也许就会具有生命的气息。它不再是一堆没有生命力的文字，而是一个有气味、有声音、有温度、有形状、有感情的生命活体。我们在初学写作时常常陷入这样的困境，即许多在生活中真实发生的故事，本身已经十分曲折、感人，但当我们如实地把它们写成小说后，读起来却感到十分虚假，丝毫没有打动人心的力量。而许多优秀的小说，我们明明知道是作家的虚构，但却能使我们深深地受到感动。为什么会出现这样的现象呢？我认为问题的关键就在于，我们在记述生活中的真实故事时，忘记了我们是创造者，没有把我们的嗅觉、视觉、听觉等全部的感觉调动起来。而那些伟大作家的虚构作品，之所以让我们感到真实，就在于他们写作时调动了自己的全部的感觉，并且发挥了自己的想象力，创造出了许多奇异的感觉。这就是我们明明知道人不可能变成甲虫，但我们却被卡夫卡的《变形记》中人变成了甲虫的故事打动的根本原因。

自从电影问世之后，人们就对小说的前途满怀着忧虑。五十年前，中国就有了小说即将灭亡的预言。但小说至今还活着。电视机走进千家万户后，小说的命运似乎更不美妙，尽管小说的读者的确被电视机拉走了许多，但是依然有很多人在读小说，小说的死期短时间也不会来临。互联网的开通似乎更使小说受到了挑战，但我认为互联网仅仅是提供了一种另类的写作方式和区别于传统图书的传播方式而已。

作为一个除了写小说别无他能的人，即便我已经看到了小说的绝境，我也不愿意承认，何况我认为，小说其实是任何别的艺术或是技术形式无法取代的。即便是发明了录味机也无法代替。因为录味机只能录下世界上存在的气味，而不能录出世界上不存在的气味，就像录像机只能录下现实中存在的物体，不可能录出不存在的物体。但作家的想象力却可以在某种意义上无中生有。作家借助于想象力，可以创作出不存在的气味，可以创造出不存在的事物。这是我们这个职业永垂不朽的根据。

当年，德国作家托马斯·曼曾经把一本卡夫卡的小说送给爱因斯坦，但是爱因斯坦第二天就把小说还给了托马斯·曼。他说，人脑没有这样复杂。我们的卡夫卡战胜了世界上最伟大的科学家，这是我们这个行当的骄傲。

那就让我们胆大包天地把我们的感觉调动起来，来制造一篇篇有呼吸、有气味、有温度、有声音，当然也有神奇的思想的小说吧。

当然，作家必须用语言来写作自己的作品，气味、色彩、温度、形状，都要用语言营造或者说是以语言为载体。没有语言，一切都不存在。文学作品之所以可以被翻译，就因为语言承载着具体的内容。所以从方便翻译的角度来说，小说家也要努力地写出感觉，营造出有生命感觉的世界。有了感觉才可能有感情。没有生命感觉的小说，不可能打动人心。

让我们像乌苏里江里的大马哈鱼那样，追寻着母河的气味，英勇无畏地前进吧。

让我们想象远古时期地球上的气味吧，那时候地球上生活着无数巨大的恐龙，臭气熏天。有人说，恐龙是被自己的屁臭死的。

我将斗胆向我国负责奥运会开幕式的领导人建议，在 2008 年奥运会开幕式上，在火炬点燃的那一刹那，应该让一百种鲜花、一百种树木、一百种美酒合成的气味猛烈地散发出来，使这届奥运会香气扑鼻。

让我们把记忆中的所有的气味调动起来，然后循着气味去寻找我们过去的生活，去找我们的爱情、我们的痛苦、我们的欢乐、我们的寂寞、我们的少年、我们的母亲……我们的一切，就像普鲁斯特借助了一块玛德莱娜小甜饼回到了过去。

我国的伟大作家蒲松龄在他的不朽著作《聊斋志异》中写过一个神奇的盲和尚，这个和尚能够用鼻子判断文章的好坏。许多参加科举考试的人，把自己的文章拿来让和尚嗅。和尚嗅到坏文章时就要大声地呕吐，他说坏文章散发着一股臭气。但是后来，那些惹得他呕吐的文章，却都中了榜，而那些被他认为是香气扑鼻的好文章，却全部落榜。

台湾的布农族流传着一个故事，说在一个村庄的地下，居住着一个嗅觉特别发达的部落。这个部落的人善于烹调，能够制作出气味芬芳的食物。但他们不吃，他们做好了食物之后就摆放在一个平台上，然后，全部落的人就围着食物，不断地抽动鼻子。他们靠气味就可以维持生命。地上的人们，经常潜入地下，把嗅味部落的人嗅过的食物偷走。我已经把这个故事写成了一部短篇小说。在这篇小说中，我是一个经常下到地下去偷食物的小孩子。小说发表之后，我感到很后悔，我想我应该站在嗅味部落的立场上来写作，而不是站在常人的立场上来写作。如果我把自己想象成一个嗅味部落的孩子，那这篇小说，必然会十分神奇。

(2001 年 12 月在巴黎法国国家图书馆的演讲)

黑色的精灵

　　二十年前，当我拿起笔创作第一篇小说时，并没想到这项工作会改变我的命运，更没想到我的作品会部分地改变中国当代文学的面貌。那时的我是一个刚从故乡高粱地里钻出来的农民，用中国城里人嘲笑乡下人的说法是"脑袋上顶着高粱花子"。我开始文学创作的最初动机非常简单，就是想赚一点稿费买一双闪闪发亮的皮鞋满足一下青年人的虚荣心。当然，在我买上了皮鞋之后，我的野心便随之膨胀了。那时的我又想买一只上海造的手表，戴在手腕上，回乡去向我的乡亲们炫耀。

　　在我刚开始创作时，中国的当代文学正处在所谓的"伤痕文学"后期，几乎所有的作品，都在控诉"文化大革命"的罪恶。这时的中国文学，还负载着很多政治任务，并没有取得独立的品格。我模仿着当时流行的作品，写了一些今天看起来应该烧掉的作品。只有当我意识到文学必须摆脱为政治服务的魔影时，我才写出了比较完全意义上的文学作品。这时，已是二十世纪八十年代的中期。当然，每一个作家都必然地生活在一定的社会政治环境中，要想写出完全与政治无关的作品也是不可能的。但好的作家，总是千方百计地想使自己的作品具有更加广泛和普遍的意义，总是想使自己的作品能被更多的人接受和理解。好的作家虽然写的很可能只是他的故乡那块巴掌大小的地方，很可能只是那块巴掌大小的地方上的人和事，但由于他动笔之前就意识到了那块巴掌大的地方是世界的一个不可缺少的组成部分，那块巴掌大的地方上发生的事情是世界历史的一个片段，所以，他的作品就具有了走向世界、被全部人类理解和接受的可能性。

1985 年，我写出了《透明的红萝卜》《爆炸》《枯河》等一批小说，在文坛上获得了广泛的名声。1986 年，我写出了《红高粱家族》，确立了在文坛的地位。此时的中国文坛，呈现出一派百花齐放的繁荣景象，我的创作，只不过是文学百花园的小小一角。在此之后的十几年里，中国文学之河，沿着自己的河床曲曲折折地向前流动着，在流动的过程中，不断有新鲜的水流注入，不断有奇异的浪头掀起，但由于中国老百姓家家都有了电视机，文学再也没有像八十年代初期那样获得广泛的关注。尽管目前的中国文学已经失去了当年那种轰动效应，但我认为，这种沉静，正是中国当代文学走向成熟的一个鲜明标志。

中国当代文学，可以分成许许多多的流派，但为文学分流划派，从来就不是作家的任务。好的作家，关心的只是自己的创作，他很少读同时代作家的作品（即便读了他也不愿意承认），他甚至不去关心读者对自己作品的看法。他关心的只是自己作品中人物的命运，因为这是他创造的比他自己更为重要的生命，与他血肉相连。一个作家一辈子其实只能干一件事：把自己的血肉，连同自己的灵魂，转移到自己的作品中去。

一个作家一辈子可能写出几十本书，可能塑造几百个人物，但几十本书只不过是一本书的种种翻版，几百个人物只不过是一个人物的种种化身。这几十本书合成的一本书就是作家的自传，这几百个人物合成的一个人物就是作家的自我。

　　如果硬要我从自己的书里抽出一个这样的人物，那么，这个人物就是我在《透明的红萝卜》里写的那个没有姓名的黑孩子。这个黑孩子虽然具有说话的能力但他很少说话，他感到说话对他来说是一种沉重的负担。这个黑孩子能够忍受常人不能忍受的苦难，他在滴水成冰的严寒天气里，只穿一条短裤，光着脊背，赤着双脚；他能够将烧红的钢铁攥在手里；他能够对自己身上的伤口熟视无睹；他具有幻想的能力，能够看到别人看不到的奇异而美丽的事物；他能够听到别人听不到的声音，譬如他能听到头发落到地上发出的声音；他能嗅到别人嗅不到的气味……正因为他具有了这些非同寻常之处，所以他感受到的世界就是在常人看来显得既奇特又新鲜的世界。所以他就用自己的眼睛开拓了人类的视野，所以他就用自己的体验丰富了人类的体验，所以他既是我又超出了我，他既是人又超越了人。在科技如此发达、复制生活如此方便的今天，这种似是而非的超越，正是文学存在着，并可能继续存在下去的理由。

　　黑孩子是一个精灵，他与我一起成长，并伴随着我走遍天下。现在，他就站在我的身边，如果男士们看不到他，女士们一定看到了，因为无论多么奇特的孩子，都是母亲生的。

土行孙与安泰

在我还是一个儿童时，就听老人们讲述过土行孙的故事。他是中国神魔小说《封神演义》中的一个身怀"土遁"绝技的豪杰，能够在地下快速潜行。因为这绝技，他立下了许多功劳。他也多次被敌人擒获，但只要让他的身体接触到土地，就会像鱼儿游进大海一样消逝得无影无踪。长大后，我自己从书上看到过希腊神话中那位巨人安泰的故事。他的父亲是海神，母亲是地神。他的力量来自大地母亲，只要不离开大地，他的力量就无穷无尽，但如果离开了土地，他就软弱无力，不堪一击。

我总感到这两个人物之间有一种神秘的联系，总感到这两个人物与我所从事的文学活动有某种联系。我们习惯于把人民比作母亲，也习惯于把大地比作母亲，而人民—土地—母亲，对于一个文学工作者来说，就是我们置身其中的丰富多彩的生活。

生活是文学艺术的永不枯竭的源泉，无论是什么样子的天才，无论他具有多么丰富的想象力，脱离了生活，脱离了与人民大众休戚与共、生死相依的关系，就失去了力量的源泉，要想写出能够深刻反映时代本质的作品，几乎是不可能的。始终与最广大的民众站在一起，时刻不忘记自己是民众的一员，永远把民众的疾苦当成自己的疾苦，就像土行孙和安泰时刻不离开大地一样，我们才能获得蓬勃的创作动力，才能写出感动人心的作品。

我从二十世纪八十年代初期开始文学创作，至今二十多年来，一直保持着对人民大众日常生活的关注，一直把自己个人的痛苦和人民大众的痛苦联系在一起，一直保持着"土包子"的本色，尽管难免遭受聪明人的讥讽，但我以此为荣。我的已经被翻译成韩文的《透明的红萝卜》《红高粱家族》《天堂蒜薹之歌》《食草家族》《酒国》《丰乳肥臀》《檀香刑》等作品，都是我所生活的时代的反映。有些篇章尽管描述的是历史生活，但其中灌注着的也是一个生活在当代的作家的强烈情感，因此也就具有了反映现实生活的当代性。其中的大部分作品，都是在写自己最熟悉的生活，在宣泄自己的情感。但由于个人的痛苦和大多数人民的痛苦幸运地取得了某种程度的一致，因此，即便是从自我出发的创作，也具有了一定程度的普遍性，获得了某种程度的人民性。

我坦率地承认，在我年轻气盛时，也曾一度怀疑过"生活决定艺术"这一基本常识。但随着年龄的增长和创作经验的增加，我体会到，即便那些自以为凭空想象的创作，其实也还是生活的反映，也还是建立在自我经验基础上的产物。

近年来，我渐渐地感受到一种创作的危机，这危机并不是个人才华的衰退，而是对生活的疏远和陌生。我相信这不是我一个人的问题，也是许多作家同行们的问题。当你因为写作获得了高官厚禄，当你因为写作住进了豪宅华屋，当你因为写作拥有了香车宝马，当你因为写作被鲜花和掌声所包围，你就如同离开了大地的土行孙和安泰，失去了力量的源泉。你也许可能不服气，口头上还振振有词，自以为还力大无穷，但事实上已经心有余而力不足了。

　　随着一个作家的作品数量的日渐增加和名声的逐步累积，不仅仅使他在物质生活上和广大民众拉开了距离，更可怕的是使他与人民大众的感情拉开了距离。他的目光已经被更荣耀的头衔、更昂贵的名牌、更多的财富、更舒适的生活所吸引；他的精神已经在不知不觉中变得平庸懒惰；他已经感受不到锐利的痛楚和强烈的爱憎，他已经丧失了爱与恨的能力；他已经堕落成为一个所谓的"中产阶级"；他不放过一切机会炫耀自己的成功和财富，把财富等同于伟大，把小聪明等同于大智慧；他追求所谓的高雅趣味，在奢侈虚荣的消费过程中沾沾自喜；他热衷于搜集和传播花边新闻和奇闻逸事，沉溺在垃圾信息里并津津乐道。这样的精神状态下的写作，尽管可以保持着吓人的高调，依然可以赢得喝彩，但实际上已经是没有真情介入的文学游戏。这样的结局，当然是一个作家的最大的悲哀。避免这种结局的方法，当然可以像晚年的托尔斯泰那样离家出走，当然可以像法国画家高更那样抛弃一切、远避到南太平洋群岛上去和土著居民生活在一起，但如果做不到这样决绝，那也应该尽可能地与下层人民保持联系，最起码要在思想上保持着警惕，不要忘记自己的卑贱出身，不要扮演上等人，不要嘲笑比你不幸的人，对你得到的一切应该心怀感激和愧疚，不要把自己想象得比所有人都聪明，不要把所有的人都当成你讥讽的对象，你要用大热情关注大世界，你要把心用在对人类的痛苦的同情和关注上。总之，你不要把别人想象得那样坏，而把自己想象得那样好。

　　是的，我们所处的时代人欲横流、矛盾纷纭，但过去的时代其实也是这样。一百多年前，狄更斯就在他的名作《双城记》的开篇写道："这是最好的时候，也是最坏的时候；这是智慧的年代，也是愚蠢的年代；这是信仰的时期，也是怀疑的时期；这是光明的季节，也是黑暗的季节；这是希望之春，也是失望之冬；人们面前有着各种事物，人们面前一无所有；人们正在直登天堂，人们也在直下地狱。"面对着这样的时代，一个作家应该保持冷静的心态，透过过剩的媒体制造的信息垃圾，透过浮躁的社会泡沫，去体验观察浸透了人类情感的朴实生活。只有朴实的、平凡人民的平凡生活才是生活的主流。在这样的生活中，默默涌动着真正的情感、真正的创造性和真正的人的精神，而这样的生活，才是文学艺术的真正的资源。

作家当然可以，也必须在自己的创作中大胆地创新，大胆地运用种种艺术手段来处理生活，大胆地充当传统现实主义的叛徒，与巴尔扎克、托尔斯泰对抗，但以巴尔扎克、托尔斯泰为代表的批判现实主义作家对现实生活所持的批判和怀疑精神，他们作品中灌注着的对人的命运的关怀和对现实的永不妥协的态度，则永远是我们必须遵循的法则。我们必须具备这样的对人的命运的关怀，必须在作品中倾注我们的真实情感——不是为了取悦某个阶层，不是用虚情假意来刺激读者的泪腺，而是要触及人的灵魂，触及时代的病灶。而要触及人的灵魂，触及时代的病灶，首先要触及自己的灵魂，触及自己的病灶；首先要以毫不留情的态度向自己问罪，不仅仅是忏悔。

一个作家要有爱一切人、包括爱自己的敌人的勇气。但一个作家不能爱自己，也不能可怜自己，宽容自己，应该把自己当作写作过程中最大的、最不可饶恕的敌人。把好人当坏人来写，把坏人当好人来写，把自己当罪人来写，这就是我的艺术辩证法。

在这个"娱乐至死"的时代里，在诸多的娱乐把真正的文学创作和真正的文学批判、阅读日益边缘化的时代里，文学不应该奴颜婢膝地向人们心中的"娱乐鬼魂"献媚，而是应该以自己无可替代的宝贵本质，捍卫自己的尊严。读者当然在决定一部分作家，但真正的作家会创造出自己的读者。

我们所处的时代对于文学来说，也正如同狄更斯的描述。这是最坏的时候，也是最好的时候。只要我们吸取土行孙和安泰的教训，清醒地知道并牢记着自己的弱点，时刻不脱离大地，时刻不脱离人民大众的平凡生活，就有可能写出"深刻地揭示了人类共同的优点和弱点，深刻地展示了人类的优点所创造的辉煌和人类弱点所导致的悲剧，深刻展示人类灵魂的复杂性和善恶美丑之间的朦胧地带并在这朦胧地带投射进一线光明的作品"。这也是我对所谓伟大作品的定义。很可能我们穷其一生也写不出这样的作品，但具有这样的雄心，总比没有这样的雄心要好。

（2007 年 10 月在韩中文学论坛上的演讲）

两座灼热的高炉

我在 1985 年中，写了五部中篇和十几个短篇小说。它们在思想上和艺术手法上无疑都受到了外国文学的极大的影响。其中对我影响最大的两部著作是加西亚·马尔克斯的《百年孤独》和福克纳的《喧哗与骚动》。

我认为，《百年孤独》这部标志着拉美文学高峰的巨著，具有惊世骇俗的艺术力量和思想力量。它最初使我震惊的是那些颠倒时空秩序、交叉生命世界、极度渲染夸张的艺术手法，但经过认真思索之后，才发现，艺术上的东西，总是表层。《百年孤独》提供给我的、值得借鉴的、给我的视野以拓展的，是加西亚·马尔克斯的哲学思想，是他独特的认识世界、认识人类的方式。他之所以能如此潇洒地叙述，与他哲学上的深思密不可分。我认为他在用一颗悲怆的心灵，去寻找拉美迷失的温暖的精神的家园。他认为世界是一个轮回，在广阔无垠的宇宙中，人的位置十分的渺小。他无疑受了相对论的影响，他站在一个非常的高峰，充满同情地鸟瞰这纷纷攘攘的人类世界。

而《喧哗与骚动》这部同样伟大的著作，最初让我注意的也是艺术上的特色。这些委实是雕虫小技。后来，我才醒悟，应该通过作品去理解福克纳这颗病态的心灵。在这颗落寞而又骚动的灵魂里，始终回响着一个忧愁的无可奈何的而又充满希望的主调：过去的历史与现在的世界密切相连，历史的血在当代人的血脉中重复流淌，时间像汽车尾灯柔和的灯光，不断消逝着，又不断新生着。去年一年（指1985年），基于上述认识，我认为我的作品中对外国文学的借鉴，既有比较高极的化境，又有属于外部摹写的不化境。

现在我想，加西亚·马尔克斯和福克纳无疑是两座灼热的高炉，而我是冰块。因此，我对自己说，逃离这两个高炉，去开辟自己的世界！

真正的借鉴是不留痕迹的。福克纳对邮票大的故乡小镇——他的杰弗生镇，加西亚·马尔克斯之于马孔多镇，都是立足一点，深入核心，然后获得通向世界的证件，获得聆听宇宙音乐的耳朵。一个作家如果想在作品中包罗万象，势必浮浅。地区主义在空间上是有限的，在时间上则是无限的；地方主义在时间上是有限的，在空间上则是无限的。加西亚·马尔克斯和福克纳都是地区主义，因此都生动地体现了人类灵魂家园的草创和毁弃的历史，都显示了人类社会发展的螺旋状轨道。因此，他们是大家气象，是恢宏的哲学风度的著作家，不是浅薄的、猎奇的、通俗的小说匠。

我想，我如果不能去创造一个、开辟一个属于我自己的地区，我就永远不能具有自己的特色；我如果无法深入我的只能供我生长的土壤，我的根就无法发达、蓬松；我如果继续迷恋长翅膀的老头、坐床单升天之类鬼奇细节，我就死了。我想：一，树立一个属于自己的对人生的看法；二，开辟一个属于自己领域的阵地；三，建立一个属于自己的人物体系；四，形成一套属于自己的叙述风格。这些都是我不死的保障。

（1986 年 3 月）

超 越 故 乡

一、小说究竟是什么

巴尔扎克认为小说是一个民族的秘史，米兰·昆德拉认为小说是人类精神的最高综合，普鲁斯特认为小说是寻找逝去时间的工具——他的确也用这工具寻找到了逝去的时间，并把它物化在文字的海洋里，物化在"玛德莱娜"小糕点里，物化在繁华绮丽、层层叠叠的对往昔生活回忆的描写中。我也曾经多次狂妄地给小说下过定义：1984 年，我曾说小说是小说家猖狂想象的记录；1985 年，我曾说小说是梦境与真实的结合；1986 年，我曾说小说是一曲忧悒的、埋葬童年的挽歌；1987 年，我曾说小说是人类情绪的容器；1988 年我曾说小说是人类寻找失落的精神家园的古老的雄心；1989 年我曾说小说是小说家精神生活的生理性切片；1990 年我曾说小说是一团火滚来滚去，是一股水涌来涌去，是一只遍体辉煌的大鸟飞来飞去……玄而又玄，众妙之门，有多少个小说家就有多少种关于小说的定义。这些定义往往都带着强烈的感情色彩，都具有模糊性因而也就具有涵盖性，都是相当形而上的，难以认真对待也不必要认真对待。高明的小说家喜欢跟读者开玩笑，尤其愿意对着喜欢把简单问题复杂化的评论家恶作剧。当评论家对着一个古怪的词语或者一个莫名其妙的细节抓耳挠腮时，小说家正站在他身后偷笑，乔伊斯在偷笑，福克纳在偷笑，马尔克斯也在偷笑。

我无意作一篇深奥的论文，杀了我我也写不出深奥的文章。我没有理论素养，脑子里没有理论术语，而理论术语就像屠夫手里的钢刀，没有它是办不成事的。我的文章主要是为着文学爱好者的，我的文章遵循着实用主义的原则，对村里的文学青年也许有点用，对城里的所有人都没有一点用。

剥掉成千上万小说家和小说批评家们给小说披上的神秘的外衣，展现在我们面前的小说，就变成了几个很简单的要素：语言、故事、结构。语言由语法和字词构成，故事由人物的活动和人物的关系构成，结构则基本上是一种技术。无论多么高明的作家，无论多么伟大的小说，也是由这些要素构成，调动着这些要素操作。所谓的作家的风格，也主要通过这三个要素——最主要的是通过语言和故事的要素表现出来，不但表现出作家的作品风格，而且表现出作家的个性特征。

为什么我用这样的语言叙述这样的故事？因为我的写作是寻找失去的故乡，因为我的童年生活的地方就是我的故乡。作家的故乡并不仅仅是指父母之邦，而是指童年乃至青年时代生活过的地方。马尔克斯说作家过了三十岁就像一只老了的鹦鹉，再也学不会语言，大概也是指作家与故乡的关系。作家不是学出来的，写作的才能如同一颗冬眠在心灵里的种子，只要有了合适的外部条件就能开花结果。学习的过程，实际上就是寻找这颗种子的过程，没有的东西是永远也找不到的。所以，文学院里培养的更多是一些懂得如何写作但永远也不会写作的人。人人都有故乡，但为什么不能人人都成作家？这个问题应该由上帝来回答。

上帝给了你能够领略人类感情变迁的心灵，故乡赋予你故事、赋予你语言，剩下的便是你自己的事情了，谁也帮不上你的忙。

我终于逼近了问题的核心：小说家与故乡的关系，更准确地说是，小说家创造的小说与小说家的故乡的关系。

二、故乡的制约

十八年前，当我作为一个地地道道的农民在高密东北乡贫瘠的土地上辛勤劳作时，我对那块土地充满了刻骨的仇恨。它耗干了祖先们的血汗，也正在消耗着我的生命。我们面朝黄土背朝天，比牛马付出的还要多，得到的却是衣不蔽体、食不果腹的凄凉生活。夏天我们在酷热中煎熬，冬天我们在寒风中战栗。一切都看厌了，岁月在麻木中流逝着，那些低矮、破旧的草屋，那条干涸的河流，那些土木偶像般的乡亲，那些凶狠奸诈的村干部，那些骄横的干部子弟……当时我曾幻想着，假如有一天，我能幸运地逃离这块土地，我绝不会再回来。所以，当我爬上 1976 年 2 月 16 日装运新兵的卡车时，当那些与我同车的小伙子流着眼泪与送行者告别时，我连头也没回。我感到我如一只飞出了牢笼的鸟。我觉得那儿已经没有任何值得我留恋的东西了。我希望汽车开得越快、开得越远越好，最好能开到海角天涯。当汽车停在一个离高密东北乡只有二百华里的军营，带兵的人说到了目的地时，我感到深深的失望。多么遗憾这是一次不过瘾的逃离，故乡如一个巨大的阴影，依然笼罩着我。但两年后，当我重新踏上故乡的土地时，我的心情竟是那样的激动。当我看到满身尘土、满头麦芒、眼睛红肿的母亲艰难地挪动着小脚从打麦场上迎着我走来时，一股滚热的液体哽住了我的喉咙，我的眼睛里饱含着泪水——这情景后来被写进我的小说《爆炸》里——为什么眼睛里饱含着泪水，因为我爱你爱得深沉——那时候，我就隐隐约约地感觉到了故乡对一个人的制约。对于生你养你、埋葬着你祖先灵骨的那块土地，你可以爱它，也可以恨它，但你无法摆脱它。因此，"大风起兮云飞扬，威加海内兮归故乡"；因此，"我欲渡河河无梁，愿化双黄鹄还故乡。还故乡，入故里，徘徊故乡，苦身不已。繁舞寄声无不泰，徘徊桑梓游天外"。功成名就了要回故乡，"富贵不归故乡，如衣锦夜行"；穷愁潦倒了要回故乡，"羁鸟恋旧林，池鱼思故渊"；垂垂将老了要归故乡，"狐死归首丘，故乡安可忘"……遍翻文学史，上下五千年，英雄豪杰、浪子骚客如过江之鲫络绎不绝，留下的和没留下的诗篇里，故乡始终是一个主题、一个忧伤而甜蜜的情结、一个命定的归宿、一个渴望中的或现实中的最后的表演舞台。刘邦作为成功者进行了一次不成功的表演——被他的老乡亲揭了市井流氓的老底；项羽作为一个失败者，无颜见江东父老，宁死也不肯过江东了。实际上，这种儿女情长的思乡情结在某种程度上是毁了项羽帝王基业的重要原因。英雄豪杰难以切断故乡这根脐带，何论凡夫俗子？四面楚歌，逃光了江东子弟，是故乡情结作怪也。英雄豪杰的故乡情熔铸成历史，文人墨客的故乡情吟诵成诗篇。千秋万代，此劫难逃。

1978 年，在枯燥的军营生活中，我拿起了创作的笔，本来想写一篇以海岛为背景的军营小说，但涌到我脑海里的，却都是故乡的情景。故乡的土地、故乡的河流、故乡的植物，包括大豆，包括棉花，包括高粱，红的白的黄的，一片一片的，海市蜃楼般的，从我面前的层层海浪里涌现出来。故乡的方言土语，从喧哗的海洋深处传来，在我耳边缭绕。当时我努力抵制着故乡的声色犬马对我的诱惑，去写海洋、山峦、军营，虽然也发表了几篇这样的小说，但一看就是假货，因为我所描写的东西与我没有丝毫感情上的联系，我既不爱它们，也不恨它们。在以后的几年里，我一直采取着这种极端错误地抵制故乡的态度。为了让小说道德高尚，我给主人公的手里塞一本《列宁选集》；为了让小说有贵族气息，我让主人公日弹钢琴三百曲……胡编乱造，附庸风雅。就像渔民的女儿是蒲扇脚、牧民的儿子是镰柄脚一样，我这个二十岁才离了高密东北乡的土包子，无论如何乔装打扮，也成不了文雅公子，我的小说无论装点什么样的花环，也只能是地瓜小说。其实，就在我做着远离故乡的努力的同时，我却在一步步地、不自觉地向故乡靠拢。到了1984年秋天，在一篇题为《白狗秋千架》的小说里，我第一次战战兢兢地打起了"高密东北乡"的旗号，从此便开始了啸聚山林、打家劫舍的文学生涯。"原本想趁火打劫，谁知道弄假成真"，我成了文学的"高密东北乡"的开天辟地的皇帝，发号施令，颐指气使，要谁死谁就死，要谁活谁就活，饱尝了君临天下的乐趣。什么钢琴啦，面包啦，原子弹啦，摩登女郎、地痞流氓、皇亲国戚、假洋鬼子、真传教士……统统都塞到高粱地里去了。就像一位作家说的那样："莫言的小说都是从高密东北乡这条破麻袋里摸出来的。"他的本意是讥讽，我却把这讥讽当成了对我的最高的嘉奖。这条破麻袋，可真是好宝贝，狠狠一摸，摸出部长篇，轻轻一摸，摸出部中篇，伸进一个指头，沾出几个短篇。——之所以说这些话，是因为我认为文学是吹牛的事业但不是拍马的事业，骂一位小说家是吹牛大王，就等于拍了他一个响亮的马屁。

从此之后，我感觉到那种可以称为"灵感"的激情在我胸中奔涌，经常是在创作一篇小说的过程中，又构思出了新的小说。这时我强烈地感觉到，二十年农村生活中，所有的黑暗和苦难，都是上帝对我的恩赐。虽然我身居闹市，但我的精神已回到故乡，我的灵魂寄托在对故乡的回忆里，失去的时间突然又以充满声色的画面的形式，出现在我的面前。这时，我才感到自己比较地理解了普鲁斯特和他的《追忆似水年华》。

放眼世界文学史，大凡有独特风格的作家，都有自己的一个文学共和国。威廉·福克纳有他的"约克纳帕塔法县"，加西亚·马尔克斯有他的"马孔多"小镇，鲁迅有他的"鲁镇"，沈从文有他的"边城"。而这些文学的共和国，无一不是在它们的君主的真正的故乡的基础上创建起来的。还有许许多多的作家，虽然没把他们的作品限定在一个特定的文学地理名称内，但里边的许多描写，依然是以他们的故乡和故乡生活为蓝本的。戴·赫·劳伦斯的几乎所有的小说里都弥漫着诺丁汉郡伊斯特伍德煤矿区的煤粉和水汽。肖洛霍夫的《静静的顿河》里的顿河就是那条哺育了哥萨克的草原也哺育了他的顿河，所以他才能吟唱出"哎呀，静静的顿河，你是我们的父亲！"那样悲怆苍凉的歌谣。

这样的例子不胜枚举。

为什么会是这样呢?

三、故乡是"血地"

作家的故乡并不仅仅是指父母之邦，而是指作家在那里度过了童年乃至青年时期的地方。这地方有母亲生你时流出的血，这地方埋葬着你的祖先，这地方是你的"血地"。几年前我在接受一个记者的采访时，曾就"知青作家"写农村题材的问题发表过一些不合时宜的言论，我大概的意思是：知青作家下到农村时，一般都是青年了，思维方式已经定型，所以他们尽管目睹了农村的愚昧落后，亲历了农村的物质贫困和劳动艰辛，但却无法理解农民的思维方式。这些话当即遭到反驳，反驳者举出了郑义、李锐、史铁生等写农村题材的"知青作家"的例子来批驳我的观点。毫无疑问，上述三位都是我所敬重的出类拔萃的作家，他们的作品里有一部分是杰出的农村题材小说，但那毕竟是知青写的农村，总透露着一种隐隐约约的旁观者态度。这些小说缺少一种很难说清的东西（这丝毫不影响小说的艺术价值），其原因就是这地方没有作家的童年，没有与你血肉相连的情感。所以"知青作家"一般都能两手操作，一手写农村，一手写都市，而写都市的篇章中往往有感情饱满的传世之作，如史铁生的著名散文《我与地坛》。史氏的《我的遥远的清平湾》虽也是出色作品，但较之《我与地坛》，则明显逊色。《我与地坛》主要是写作家因病回城的生活的，并不是写他的童年。我的解释是：史氏的"血地"是北京，他自称插队前跟随着父母搬了好几次家，始终围绕着地坛，而且是越搬越近——他是呼吸着地坛里的繁花佳木排放出的新鲜氧气长大的孩子。他的地坛是他的"血地"的一部分——我一向不敢分析同代人的作品，铁生兄佛心似海，当能谅我。

有过许多关于童年经验与作家创作关系的论述，如李贽提出"童心"说，他认为："夫童心者，绝假纯真，最初一念之本心也。"有了"最初一念之本心"，就能看到一个真实的世界。如康·巴乌斯托夫斯基说："对生活，对我们周围一切的诗意的理解，是童年时代给我们的最伟大的馈赠。如果一个人在悠长而严肃的岁月中，没有失去这个馈赠，那就是诗人和作家。"（《金蔷薇》）最著名的当数海明威的名言："不幸的童年是作家的摇篮。"当然也有童年幸福的作家，但即便是幸福的童年经验，也是作家的最宝贵的财富。从生理学的角度讲，童年是弱小的、需要救助的；从心理学的角度讲，童年是梦幻的、恐惧的、渴望爱抚的；从认识论的角度讲，童年是幼稚的、天真的、片面的。这个时期的一切感觉是最肤浅的也是最深刻的，这个时期的一切经验更具有艺术的色彩而缺乏实用的色彩，这个时期的记忆是刻在骨头上的而成年后的记忆是留在皮毛上的。而不幸福的童年最直接的结果就是一颗被扭曲的心灵，畸形的感觉、病态的个性，导致无数的千奇百怪的梦境和对自然、社会、人生的惊世骇俗的看法。这就是李贽的"童心"说和海明威"摇篮"说的本意吧。问题的根本是：这一切都是发生在故乡，我所界定的故乡概念，其重要内涵就是童年的经验。如果承认作家对童年经验的依赖，也就等于承认了作家对故乡的依赖。

有几位评论家曾以我为例，分析过童年视角与我的创作的关系，其中写得沾边的，是上海作家程德培的《被记忆缠绕的世界》，副题是"莫言创作中的童年视角"。程说："这是一个联系着遥远过去的精灵的游荡，一个由无数感觉相互交织与撞击而形成的精神的回旋，一个被记忆缠绕的世界。""作者经常用一种现时的顺境来映现过去的农村生活，而在这种'心灵化'的叠影中，作者又复活了自己孩提时代的痛苦与欢乐。"程还直接引用了我的小说《大风》中的一段话："童年时代就像消逝在这条灰白的镶着野草的河堤上。爷爷用他的手臂推着我的肉体，用他的歌声推着我的灵魂，一直向前走。"程说："莫言的作品经常写到饥饿和水灾，这绝非偶然。对人的记忆来说，这无疑是童年生活所留下的阴影，而一旦这种记忆中的阴影要顽强地在作品中表现出来的时候，它又成了作品本身不可或缺的色调与背景。"程说："在缺乏抚爱与物质的贫困面前，童年时代的黄金辉光便开始黯然失色。于是，在现实生活中消失的光泽，便在想象的天地中化为感觉与幻觉的精灵。微光既是对黑暗的心灵抗争，亦是一种补充，童年失去的东西越多，抗争与补充的欲望就越强烈。"——再引用下去便有剽窃之嫌，但季红真说："一个在乡土社会度过了少年时代的作家，是很难不以乡土社会作为审视世界的基本视角的。童年的经验，常常是一个作家重要的创作冲动，特别是在他的创作之始。莫言的小说首次引起普遍的关注，显然是一批以童年的乡土社会经验为题材的作品。乡土社会的基本视角与有限制的童年视角相重叠代表他这一时期的叙述个性，并且在他的文本序列中，表征出恋乡与怨乡的双重心理情结。"

评论家像火把一样照亮了我的童年，使许多往事出现在眼前，我不得不又一次引用流氓皇帝朱元璋对他的谋士刘基说的话：原本是趁火打劫，谁知道弄假成真！

1955 年春天，我出生在高密东北乡一个偏僻落后的小村里。我出生的房子又矮又破，四处漏风，上面漏雨，墙壁和房笆被多年的炊烟熏得漆黑。根据村里古老的习俗，产妇分娩时，身下要垫上从大街上扫来的浮土，新生儿一出母腹，就落在这土上。没人对我解释过这习俗的意义，但我猜想到这是"万物土中生"这一古老信念的具体实践。我当然也是首先落在了那堆由父亲从大街上扫来的被千人万人踩践过、混杂着牛羊粪便和野草种子的浮土上。这也许是我终于成了一个乡土作家而没有成为一个城市作家的根本原因吧。

我的家族成员很多，有爷爷、奶奶、父亲、母亲、叔叔、婶婶、哥哥、姐姐，后来我婶婶又生了几个比我小的男孩。我们的家族是当时村里人口最多的家族。大人们都忙着干活，没人管我，我悄悄地长大了。我小时候能在一窝蚂蚁旁边蹲整整一天，看着那些小东西忙忙碌碌地进进出出，脑子里转动着许多稀奇古怪的念头。我记住的最早的一件事，是掉进盛夏的茅坑里，灌了一肚子粪水。我大哥把我从坑里救上来，抱到河里去洗干净了。那条河是耀眼的，河水是滚烫的，许多赤裸着身体的黑大汉在河里洗澡、抓鱼。正如程德培猜测的一样，童年留给我的印象最深刻的事就是洪水和饥饿。那条河里每年夏、秋总是洪水滔滔，浪涛澎湃，水声喧哗，从河中升起。坐在我家炕头上，就能看到河中的高过屋脊的洪水。大人们都在河堤上守护着，老太婆烧香磕头祈祷着，传说中的鳖精在河中兴风作浪。每到夜晚，到处都是响亮的蛙鸣。那时的高密东北乡确实是水族们的乐园，青蛙能使一个巨大的池塘改变颜色。满街都是蠢蠢爬动的癞蛤蟆，有的蛤蟆大如马蹄，令人望之生畏。那时的天气是酷热的，那时的孩子整个夏天都不穿衣服。我上小学一年级时就是光着屁股赤着脚，一丝不挂地去的。那时的冬天是奇冷的，夜晚是真正的伸手不见五指。田野里一片片绿色的鬼火闪闪烁烁，常常有一些巨大的、莫名其妙的火球在暗夜中滚来滚去。那时我们都是大肚子，肚皮上满是青筋，肚皮薄得透明……这一切，都如眼前的情景，历历在目。所以当我第一次读了加西亚·马尔克斯的《百年孤独》之后，便产生了强烈的共鸣，同时也惋惜不已：这些奇情异景，只能用别的方式写出，而不能用魔幻的方式表现了。

由于我相貌丑、喜欢尿床、嘴馋手懒，在家族中是最不讨人喜欢的一员，再加上生活贫困、政治压迫使长辈们心情不好，所以我的童年是黑暗的，恐怖、饥饿伴随我成长。这样的童年也许是我成为作家的一个重要原因吧。这样的童年必然地建立了一种与故乡血肉相连的关系，故乡的山川河流、动物植物都被童年的感情浸淫过，都带上了浓厚的感情色彩，许多后来的朋友都忘记了，但故乡的一切都忘不了。高粱叶子在风中飘扬；成群的蚂蚱在草地上飞翔；牛脖上的味道经常进入我的梦；夜雾弥漫中，突然响起了狐狸的鸣叫；梧桐树下，竟然蛰伏着一只像磨盘那么大的癞蛤蟆；比斗笠还大的黑蝙蝠在村头的破庙里鬼鬼祟祟地滑翔着……总之，截止到目前的我的作品里，都充满着我童年时的感觉。

四、故乡就是经历

英年早逝的美国作家托马斯·沃尔夫坚决地说："一切严肃的作品说到底必然都是自传性质的，而且一个人如果想要创造出任何一件具有真实价值的东西，他便必须使用他自己生活中的素材和经历。"（托马斯·沃尔夫讲演录《一部小说的故事》）他的话虽然过分绝对化，但确有他的道理。任何一个作家——真正的作家——都必然地要利用自己的亲身经历来编织故事，而情感的经历比身体的经历更为重要。作家在利用自己的亲身经历时，总是想把自己隐藏起来，总是要将那经历改头换面，但明眼的批评家也总是能揪住狐狸的尾巴。

托马斯·沃尔夫在他的杰作《天使望故乡》里几乎是原封不动地搬用了他故乡的材料，以致小说发表后，激起了乡亲们的愤怒，使他几年不敢回故乡。托马斯·沃尔夫是一个极端的例子。诸如因使用了某些亲历材料而引起官司的，也屡见不鲜。如巴尔加斯·略萨的《胡利娅姨妈与作家》就因过分"忠于"事实而引起胡利娅的愤怒，自己也写了一本《作家与胡利娅姨妈》来澄清事实。

所谓"经历"，大致是指一个人在某段时间内、在某个环境里，干了一件什么事，并与某些人发生了这样那样的、直接或间接的关系。一般来说，作家很少原封不动地使用这些经历，除非这经历本身已经比较完整。

在这个问题上，故乡与写作的关系并不特别重要，因为有许多作家在逃离故乡后，也许经历了惊心动魄的事。但对我个人而言，离开故乡后的经历平淡无奇，所以，就特别看重故乡的经历。

我的小说中，直接利用了故乡经历的，是短篇小说《枯河》和中篇小说《透明的红萝卜》。

我十二岁那年秋天，我在一个桥梁工地上当了小工，起初砸石子，后来给铁匠拉风箱。在一个阳光明媚的中午，铁匠们和石匠们躺在桥洞里休息，因为腹中饥饿难捱，我溜到生产队的萝卜地里，拔了一棵红萝卜，正要吃时，被一个贫下中农抓住了。他揍了我一顿，拖着我往桥梁工地上送。我赖着不走，他就十分机智地把我脚上那双半新的鞋子剥走，送到工地领导那儿。挨到天黑，因为怕丢了鞋子回家挨揍，我只好去找领导要鞋。领导是个猿猴模样的人，他集合起队伍，让我向毛主席请罪。队伍聚在桥洞前，二百多人站着，黑压压一片。太阳正在落山，半边天都烧红了，像梦境一样。领导把毛主席像挂起来，让我请罪。

我哭着，跪在毛主席像前结结巴巴地说："毛主席……我偷了一个红萝卜……犯了罪……罪该万死……"

民工们都低着头，不说话。

领导说："认识还比较深刻，饶了你吧。"

领导把鞋子还了我。

我忐忑不安地往家走，回家后就挨了一场毒打。出现在《枯河》中的这段文字，几乎是当时情景的再现：

哥哥把他扔到院子里，对准他的屁股用力踢了一脚，喊道："起来！你专门给家里闯祸！"他躺在地上不肯动，哥哥很用力地连续踢着他的屁股，说："滚起来！你作了孽还有功啦是不？"

他奇迹般地站了起来（在小说中，他此时已被村支部书记打了半死），一步步倒退到墙角下去，站定后，惊恐地看着瘦长的哥哥。

哥哥愤怒地对母亲说："砸死他算了，留着也是个祸害。本来我今年还有希望去当个兵，这下子全完了。"

他悲哀地看着母亲，母亲从来没有打过他。母亲流着泪走过来，他委屈地叫了一声娘，眼泪鼻涕一齐流了出来。

……母亲戴着铜顶针的手狠狠地抽到他的耳门子上。他干号了一声……她弯腰从草垛上抽出一根干棉花柴，对着他没鼻子没眼地抽着，……

……夕阳照着父亲高大的身躯，照着父亲愁苦的面孔……父亲左手提着一只鞋子，右手拎着他的脖子……父亲那只厚底老鞋第一下打在他的脑袋上，把他的脖子几乎钉进腔子里去。那只老鞋更多的是落在他的背上，急一阵，慢一阵，鞋底越来越薄，一片片泥土飞散着……

抄写着这些文字，我的心脏一阵阵不舒服。看过《枯河》的人也许还记得，那个名叫小虎的孩子，最终是被自己的亲人活活打死的，而真实的情况是：当父亲用沾了盐水的绳子打我时，爷爷赶来解救了我。爷爷当时愤愤地说："不就是拔了个萝卜嘛！还用得着这样打?!"爷爷与我小说中的土匪毫无关系，他是个勤劳的农民，对人民公社一直有看法，他留恋二十亩地一头牛的小农生活。他一直扬言，人民公社是兔子尾巴长不了。想不到如今果真应验了。父亲是好父亲，母亲是好母亲，促使他们痛打我的原因：一是因为我在毛主席像前当众请罪伤了他们的自尊心；二是因为我家出身上中农，必须老老实实，才能苟且偷安。我的《枯河》实则是一篇声讨极"左"路线的檄文，在不正常的社会中，是没有爱的，环境使人残酷无情。

当然，并非只有挨过毒打才能写出小说，但如果没有这段故乡经历，我绝写不出《枯河》，同样，也写不出我的成名之作

《透明的红萝卜》。

《透明的红萝卜》写在《枯河》之前，此文以纯粹的"童年视角"为批评家称道，为我带来了声誉。但这一切，均于无意中完成，写作时根本没想到什么视角，只想到我在铁匠炉边度过的六十个日日夜夜。文中那些神奇的意象、古怪的感觉，盖源于我那段奇特经历。畸形的心灵必然会使生活变形，所以在文中，红萝卜是透明的，火车是匍匐的怪兽，头发丝儿落地訇然有声，姑娘的围巾是燃烧的火苗……

将自己的故乡经历融汇到小说中去的例子，可谓俯拾皆是：水上勉的《桑孩儿》《雁寺》，福克纳的《熊》，川端康成的《雪国》，劳伦斯的《儿子与情人》……这些作品里，都清晰地浮现着作家的影子。

一个作家难以逃脱自己的经历，而最难逃脱的是故乡经历。有时候，即便是非故乡的经历，也被移植到故乡的经历中。

五、故乡的风景

风景描写–环境描写——地理环境、自然植被、人文风俗、饮食起居等等，诸如此类的描写，是近代小说的一个重要构成部分。即便是继承中国传统小说写法的"山药蛋"鼻祖赵树理的小说，也还是有一定比例的风景描写。当你构思了一个故事，最方便的写法是把这故事发生的环境放在你的故乡。孙犁在荷花淀里，老舍在小羊圈胡同里，沈从文在凤凰城里，马尔克斯在马孔多，乔伊斯在都柏林，我当然是在高密东北乡。

现代小说的所谓气氛，实则是由主观性的、感觉化的风景–

环境描写制造出来的。巴尔扎克式的、照相式的烦琐描写已被当代小说家所抛弃。在当代小说家笔下，大自然是有灵魂的，一切都是通灵的，而这万物通灵的感受主要是依赖着童年的故乡培育发展起来的。用最通俗的说法是：写你熟悉的东西。

我不可能把我的人物放到甘蔗林里去，我只能把我的人物放到高粱地里。因为我很多次地经历过高粱从播种到收获的全过程，我闭着眼睛就能想到高粱是怎样一天天长成的。我不但知道高粱的味道，甚至知道高粱的思想。马尔克斯是世界级大作家，但他写不了高粱地，他只能写他的香蕉林，因为高粱地是我高密东北乡文学王国的一个重要组成部分，这里反抗任何侵入者，就像当年反抗日本侵略者一样。同样，我也绝对不敢去写拉丁美洲的热带雨林，那不是我的故乡。

回到了故乡我如鱼得水，离开了故乡我举步艰难。

我在《枯河》里写了故乡的河流，在《透明的红萝卜》里写了故乡的桥洞和黄麻地，在《欢乐》中写了故乡的学校和池塘，在《白棉花》里写了故乡的棉田和棉花加工厂，在《球状闪电》中写了故乡的草甸子和芦苇地，在《爆炸》中写了故乡的卫生院和打麦场，在《金发婴儿》中写了故乡的道路和小酒店，在《老枪》中写了故乡的梨园和洼地，在《白狗秋千架》中写了故乡的白狗和桥头，在《天堂蒜薹之歌》中写了故乡的大蒜和槐林，尽管这个故事是取材于震惊全国的"苍山蒜薹事件"，但我却把它搬到了高密东北乡，因为我脑子里必须有一个完整的村庄，才可能得心应手地调度我的人物。

故乡的风景之所以富有灵性、魅力无穷，主要的原因是故乡的风景里有童年。我在《透明的红萝卜》中写一个大桥洞，写得那么高大、神奇，但当我陪着几个摄影师重返故乡去拍摄这个桥洞时，不但摄影师们感到失望，连我自己也感到惊讶。毫无疑问眼前的桥洞还是当年的那个桥洞，但留在我脑海里的高大宏伟，甚至带着几分庄严的感觉不知跑到哪里去了。眼前的桥洞又矮又小，伸手即可触摸洞顶。桥洞还是那个桥洞，但我已不是当年的我。这也进一步证明了我在《透明的红萝卜》中的确运用了童年视角。文中的景物都是故乡的童年印象，是变形的、童话化了的，小说的浓厚的童话色彩赖此产生。

六、故乡的人物

1988 年春天的一个上午，我正在高密东北乡的一间仓库里写作时，一个衣衫褴褛的老人走进了我的房间。他叫王文义，按辈分我该叫他叔。我慌忙起身让座，敬烟。他抽着烟，不高兴地问："听说你把我写到书里去了？"我急忙解释，说那是一时的糊涂，现在已经改了，云云。老人抽了一支烟，便走了。我独坐桌前，沉思良久。我的确把这个王文义写进了小说《红高粱》，当然有所改造。王文义当过八路，在一次战斗中，耳朵受了伤，他扔掉大枪，捂着头跑回来，大声哭叫着："连长，连长，我的头没有了……"连长踢了他一脚，骂道："混蛋，没有头还能说话！你的枪呢？"王文义说："扔到壕沟里了。"连长骂了几句，又冒着弹雨冲上去，把那支大枪摸回来。这件事在故乡是当笑话讲的，王文义也供认不讳。别人嘲笑他胆小时，他总是笑。

我写《红高粱》时，自然地想到了王文义，想到了他的模样、声音、表情，他所经历的那场战斗，也仿佛在我眼前。我原想换一个名字，叫王三王四什么的，但一换名字，那些有声有色的画面便不见了。可见在某种情况下，名字并不仅仅是个符号，而是一个生命的组成部分。

我从来没感受到过素材的匮乏，只要一想到家乡，那些乡亲便奔涌前来，他们个个精彩，形貌各异，妙趣横生，每个人都有一串故事，每个人都是现成的典型人物。我写了几百万字的小说，只写故乡的边边角角，许多非常文学的人，正站在那儿等待着我。故乡之所以会成为我创作的不竭的源泉，是因为随着我年龄、阅历的增长，会不断地重塑故乡的人物、环境等。这就意味着一个作家可以在他一生的全部创作中不断地吸收他的童年经验的永不枯竭的资源。

七、故乡的传说

其实，我想，绝大多数的人，都是听着故事长大的，并且都会变成讲述故事的人。作家与一般的故事讲述者的区别是把故事写成文字。往往越是贫穷落后的地方，故事越多。这些故事，一类是妖魔鬼怪，一类是奇人奇事。对于作家来说，这是一笔巨大的财富，是故乡最丰厚的馈赠。故乡的传说和故事，应该属于文化的范畴。这种非典籍文化，正是民族的独特气质和禀赋的摇篮，也是作家个性形成的重要因素。马尔克斯如果不是从外祖母嘴里听了那么多的传说，绝对写不出他的惊世之作《百年孤独》。《百年孤独》之所以被卡洛斯·富恩特斯誉为"拉丁美洲的'圣经'"，其主要原因是"传说是架通历史与文学的桥梁"。

我的故乡离蒲松龄的故乡三百里，我们那儿妖魔鬼怪的故事也特别发达，许多故事与《聊斋志异》的故事大同小异。我不知道是人们先看了《聊斋志异》后讲故事，还是先有了这些故事而后有《聊斋志异》。我宁愿先有了鬼怪妖狐而后有《聊斋志异》。我想，当年蒲留仙在他的家门口大树下摆着茶水请过往行人讲故事时，我的某一位老乡曾饮过他的茶水，并为他提供了故事素材。

我的小说中直写鬼怪的不多，《草鞋窨子》里写了一些，《生蹼的祖先》中写了一些。但我必须承认少时听过的鬼怪故事对我产生的深刻影响，它培养了我对大自然的敬畏，它影响了我感受世界的方式。童年的我是被恐怖感紧紧攫住的。我独自一人站在一片高粱地边上时，听到风把高粱叶子吹得飒飒作响，往往周身发冷，头皮发麻，那些挥舞着叶片的高粱，宛若一群张牙舞爪的生灵，对着我扑过来，于是我便怪叫着逃跑了。一条河流、一棵老树、一座坟墓，都能使我感到恐惧，至于究竟怕什么，我自己也解释不清楚。但我惧怕的只是故乡的自然景物，别的地方的自然景观无论多么雄伟壮大，也引不起我的敬畏。

奇人奇事是故乡传说的重要内容。我曾在一篇文章中写过：历史在某种意义上就是一堆传奇故事，越是久远的历史，距离真相越远，距离文学愈近。所以司马迁的《史记》根本不能当作历史来看。历史上的人物、事件在民间口头流传的过程，实际上就是一个传奇化的过程。每一个传说者，为了感染他的听众，都在不自觉地添油加醋，再到后来，麻雀变成了凤凰，野兔变成了麒麟。历史是人写的，英雄是人造的。人对现实不满时便怀念过去，人对自己不满时便崇拜祖先。我的小说《红高粱家族》大概也就是这类东西。事实上，我们的祖先跟我们差不多，那些昔日的荣耀和辉煌大多是我们的理想。然而这把往昔理想化、把古人传奇化的传说，恰是小说家取之不尽、用之不竭的创作源泉。它是关于故乡的，也是关于祖先的，于是便与作家产生了水乳交融的关系，于是作家在利用故乡传说的同时，也被故乡传说利用着。故乡传说是作家创作的素材，作家则是故乡传说的造物。

八、超 越 故 乡

还是那个托马斯·沃尔夫说过："我已经发现，认识自己故乡的办法是离开它；寻找到故乡的办法，是到自己心中去找它，到自己的头脑中、自己的记忆中、自己的精神中，以及到一个异乡去找它。"（托马斯·沃尔夫讲演录《一部小说的故事》）他的话引起我强烈的共鸣——当我置身于故乡时，眼前的一切都是烂熟的风景，丝毫没能显示出它们内在的价值、它们的与众不同，但当我远离故乡后，当我拿起文学创作之笔后，我便感受到一种无家可归的痛苦，一种无法抑制的对精神故乡的渴求便产生了。你总得把自己的灵魂安置在一个地方，所以故乡变成一种寄托，变成一个置身都市的乡土作家的最后的避难所。肖洛霍夫和福克纳更彻底——他们干脆搬回到故乡去居住了，也许在不久的将来，我也会回到高密东北乡去，遗憾的是那里的一切都已面目全非，现实中的故乡与回忆中的故乡，与我用想象力丰富了许多的故乡已经不是一回事。作家的故乡更多的是一个回忆往昔的梦境，它是以历史上的某些真实生活为根据的，但平添了无数的花草，作家正像无数的传说者一样，为了吸引读者，不断地为他梦中的故乡添枝加叶——这种将故乡梦幻化、将故乡情感化的企图里，便萌动了超越故乡的希望和超越故乡的可能性。

高举着乡土文学的旗帜的作家，大致可以分为这样两种类型：一种是终生厮守于此，忠诚地为故乡唱着赞歌。作家的道德价值标准也就是故乡的道德价值标准，他们除了记录，不再做别的工作。这样的作家也许能成为具有地方色彩的作家，但这地方色彩不是真正意义上的文学风格。所谓的文学风格，并不仅仅是指搬用方言土语、描写地方景物，而是指一种熔铸着作家独特思维方式、独特思想观点的独特风貌，从语言到故事、从人物到结构，都是独特的、区别于他人的。而要形成这样的风格，作家的确需要远离故乡，获得多样的感受，方能在参照中发现故乡的独特，先进的或是落后的；方能发现在诸多的独特性中所包含着的普遍性，而这特殊的普遍，正是文学冲出地区、走向世界的通行证。这也就是托·斯·艾略特在他的著名论文《美国文学和美国语言》中所指出的："任何一位在民族文学发展过程中能够代表一个时代的作家都应兼备这两种特征——突出地表现出来的地方色彩和作品的自在的普遍意义……假如在相当长的一段时间内，外国人对某位作家的倾慕始终不变，这就足以证明这位作家善于在自己写的书中，把地区性的东西和普遍性的东西结合在一起。"鲁迅、沈从文、马尔克斯等人，正是这一类远离故乡之后，把故乡作为精神支柱，赞美着它、批判着它，丰富着它、发展着它，最终将特殊中的普遍凸现出来，获得了走向世界的通行证的作家。

托马斯·沃尔夫在他短暂一生的后期，意识到自己有必要从自我中跳出来，从狭隘的故乡观念中跳出来，去尽量地理解广大的世界，用更崭新的思想去洞察生活，把更丰富的生活写进自己的作品，可惜他还没来得及认真去做就去世了。

苏联文艺评论家彼·瓦·巴里耶夫斯基曾经精辟地比较过海明威、奥尔丁顿等作家与福克纳的区别："福克纳这时走的却是另一条路。他在当前的时代中寻求某种联系过去时代的东西，一种连绵不断的人类价值的纽带，并且发现这种纽带源出于他的故乡密西西比河一小块土地。在这儿他发现了一个宇宙，一种斩不断的和不会令人失望的纽带。于是他以解开这条纽带而了其余生。这就是海明威、奥尔丁顿和其他作家成为把当代问题的波浪从自己的周围迅速传播出去的世界闻名作家的原因，而福克纳——无可争辩地是个民族的，或甚至是个区域性的艺术家——他慢慢地、艰苦地向异化的世界显示他与这个世界的密切关系，显示人性基础的重要性，从而使自己成为一个全球性的作家。"（《外国文学研究资料丛刊·福克纳评论集》）

托马斯·沃尔夫所觉悟到的正是福克纳实践着的。沃尔夫记录了他的真实的故乡，而福克纳却在他真实故乡的基础上创造了一个比他的真实故乡更丰富、博大的文学故乡。福克纳营造他的文学故乡时使用了全世界的材料，其中最重要的材料当然是他的思想——他的时空观、道德观，这是他的文学宫殿的两根支柱。这些东西，也许是他在学习飞行的学校里获得的，也许是他在旅馆里的澡盆里悟到的。

福克纳是我们的——起码是我的——光辉的榜样，他为我们提供了成功的经验，但也为我们设置了陷阱。你不可能超越福克纳达到的高度，你只能在他的山峰旁另外建造一座山峰。福克纳也是马尔克斯的精神导师，马尔克斯学了福克纳的方法，建起了自己的故乡，但支撑他的宫殿的支柱是孤独。我们不可能另外发现一种别的方法，唯一可做的是——学习马尔克斯——发现自己的精神支柱。

故乡的经历、故乡的风景、故乡的传说，是任何一个作家都难以逃脱的梦境，但要将这梦境变成小说，必须赋予这梦境以思想。这思想水平的高低，决定了你将达到的高度，这里没有进步与落后之分，只有肤浅和深刻的区别。对故乡的超越首先是思想的超越，或者说是哲学的超越。这束哲学的灵光，不知将照耀到哪颗幸运的头颅上。我与我的同行们在一样努力地祈祷着、企盼着成为幸运的头颅。

（1992 年 5 月）

捍卫长篇小说的尊严

大约是两年前，《长篇小说选刊》创刊，让我写几句话，推辞不过，我便斗胆写道："长度、密度和难度，是长篇小说的标志，也是这伟大文体的尊严。"

所谓长度，自然是指小说的篇幅。没有二十万字以上的篇幅，长篇小说就缺少应有的威严。就像金钱豹子，虽然也勇猛，虽然也剽悍，但终因体形稍逊，难成山中之王。

我当然知道许多篇幅不长的小说其力量和价值都胜过某些臃肿的长篇，我当然也知道许多篇幅不长的小说已经成为经典，但那种犹如长江大河般的波澜壮阔之美，却是那些精巧的篇什所不具备的。长篇就是要长，不长算什么长篇？要把长篇写长，当然很不容易。我们惯常听到的是把长篇写短的呼吁，我却在这里呼吁：长篇就是要往长里写！

当然，把长篇写长，并不是事件和字数的累加，而是一种胸中的大气象，一种艺术的大营造。那些能够营造精致的江南园林的建筑师，那些在假山上盖小亭子的建筑师，当然也很了不起，但他们大概营造不来故宫和金字塔，更主持不了万里长城那样的浩大工程。这如同战争中，有的人指挥一个团可能非常出色，但给他一个军、一个兵团，就乱了阵脚。将才就是将才，帅才就是帅才，而帅才大都不是从行伍中一步步成长起来的。当然，不能简单地把写长篇小说的称作帅才，更不敢把写短篇小说的贬为将才。比喻都是笨拙的，请原谅。

一个善写长篇小说的作家，并不一定要走短—中—长的道路，尽管许多作家包括我自己都是走的这样的道路。许多伟大的长篇小说作者，一开始上手就是长篇巨著，譬如曹雪芹、罗贯中等。

大悲悯具有拷问灵魂的深度

我认为一个作家写出并且能够写好长篇小说，关键的是要具有"长篇胸怀"。"长篇胸怀"者，胸中有大沟壑、大山脉、大气象之谓也。要有莽荡之气，要有容纳百川之涵。所谓大家手笔，正是胸中之大沟壑、大山脉、大气象的外在表现也。大苦闷、大悲悯、大抱负、天马行空般的大精神，落了片白茫茫大地真干净的大感悟——这些都是长篇胸怀之内涵也。

大苦闷、大抱负、大精神、大感悟，都不必展开来说，我想就"大悲悯"多说几句。

近几年来，"悲悯情怀"已成时髦话语，就像前几年"终极关怀"成为时髦话语一样。我自然也知道悲悯是好东西，但我们需要的不是那种刚吃完红烧乳鸽，又赶紧给一只翅膀受伤的鸽子包扎的悲悯；不是苏联战争片和好莱坞大片中那种模式化的、煽情的悲悯；不是那种全社会为一只生病的熊猫献爱心，但置无数因为无钱而在家等死的人于不顾的悲悯。悲悯不仅仅是"打你的左脸把右脸也让人打"，悲悯也不仅仅是在苦难中保持善心和优雅姿态，悲悯不是见到血就晕过去或者是高喊着"我要晕过去了",悲悯更不是要回避罪恶和肮脏。

《圣经》是悲悯的经典,但那里边也不乏血肉模糊的场面;佛教是大悲悯之教,但那里也有地狱和令人发指的酷刑。如果悲悯是把人类的邪恶和丑陋掩盖起来,那这样的悲悯和伪善是一回事。《金瓶梅》素负恶名,但有见地的批评家却说那是一部悲悯之书。这才是中国式的悲悯,这才是建立在中国的哲学、宗教基础上的悲悯,而不是建立在西方哲学和西方宗教基础上的悲悯。

长篇小说是包罗万象的庞大文体,这里边有羊羔也有小鸟,有狮子也有鳄鱼。你不能因为狮子吃了羊羔或者鳄鱼吞了小鸟就说它们不悲悯。你不能因为它们捕杀猎物时展现了高度技巧、获得猎物时喜气洋洋就说它们残忍。只有羊羔和小鸟的世界不成世界,只有好人的小说不是小说。即便是羊羔,也要吃青草;即便是小鸟,也要吃昆虫;即便是好人,也有恶念头。站在高一点的角度往下看,好人和坏人,都是可怜的人。

小悲悯只同情好人,大悲悯不但同情好人,而且也同情恶人。

编造一个苦难故事,对于以写作为职业的人来说,不算什么难事,但那种在苦难中煎熬过的人才可能有的命运感,那种建立在人性无法克服的弱点基础上的悲悯,却不是能够凭借才华编造出来的。描写政治、战争、灾荒、疾病、意外事件等外部原因带给人的苦难,把诸多苦难加诸弱小善良之身,让黄鼠狼单咬病鸭子,这是煽情催泪影视剧的老套路,但不是悲悯,更不是大悲悯。只描写别人留给自己的伤痕,不描写自己留给别人的伤痕,不是悲悯,甚至是无耻。只揭示别人心中的恶,不袒露自我心中的恶，不是悲悯，甚至是无耻。只有正视人类之恶，只有认识到自我之丑，只有描写了人类不可克服的弱点和病态人格导致的悲惨命运，才是真正的悲剧，才可能具有"拷问灵魂"的深度和力度，才是真正的大悲悯。悲悯，是有条件的。悲悯，是一个极其复杂的问题，不是书生的臆想。

长度、密度和难度

一味强调长篇之长，很容易招致现成的反驳，鲁迅、沈从文、张爱玲、汪曾祺、契诃夫、博尔赫斯，都是现成的例子。我当然不否认上列作家都是优秀的或者是伟大的作家，但他们不是列夫·托尔斯泰、陀思妥耶夫斯基、托马斯·曼、乔伊斯、普鲁斯特那样的作家，他们的作品里没有上述这些作家的皇皇巨作里那样一种波澜壮阔的浩瀚景象，这大概也是不争的事实。

长篇越来越短，与流行有关，与印刷与包装有关，与利益有关，与浮躁心态有关，也与那些盗版影碟有关。从苦难的生活中（这里的苦难并不仅仅是指物质生活的贫困，而更多是一种精神的苦难）和个人性格缺陷导致的悲剧中获得创作资源，可以写出大作品；从盗版影碟中攫取创作资源，大概只能写出背离中国经验和中国感受的也许精致的小玩意儿。也许会有人说，在当今这个时代，太长的小说谁人要看？其实，要看的人，再长也看；不看的人，再短也不看。长，不是影响那些优秀读者的根本原因。当然，好是长的前提。只有长度，就像老祖母的裹脚布一样，当然不好，但假如是一匹绣着《清明上河图》那样精美图案的锦缎，长就是好了。

长不是抻面，不是注水，不是吹气，不是泡沫，不是通心粉，不是灯芯草，不是纸老虎。长是真家伙，是仙鹤之腿，不得不长，是不长不行的长，是必须这样长的长。万里长城，你为什么这样长？是背后壮阔的江山社稷要它这样长。

长篇小说的密度，是指密集的事件、密集的人物、密集的思想。思想之潮汹涌澎湃，裹挟着事件、人物，排山倒海而来，让人目不暇接，不是那种用几句话就能说清的小说。

密集的事件当然不是事件的简单罗列，当然不是流水账。海明威的"冰山理论"对这样的长篇小说同样适用。

密集的人物当然不是沙丁鱼罐头式的密集，而是依然要个个鲜活、人人不同。一部好的长篇小说，主要人物应该能够进入文学人物的画廊，即便是次要人物，也应该是有血有肉的活人，而不是为了解决作家的叙述困难而拉来凑数的道具。

密集的思想，是指多种思想的冲突和绞杀。如果一部小说只有所谓的善与高尚，或者只有简单的、公式化的善恶对立，那这部小说的价值就值得怀疑。那些具有进步意义的小说，很可能是一个思想反动的作家写的。那些具有哲学思维的小说，大概都不是哲学家写的。好的长篇应该是"众声喧哗"，应该是多义多解，很多情况下应该与作家的主观意图背道而驰。

在善与恶之间、美与丑之间、爱与恨之间，应该有一个模糊地带，而这里也许正是小说家施展才华的广阔天地。

也可以说，具有密度的长篇小说，应该是可以被一代代人误读的小说。这里的误读当然是针对着作家的主观意图而言。文学的魅力，就在于它能被误读。一部作家的主观意图和读者的读后感觉吻合了的小说，可能是一本畅销书，但不会是一部"伟大的小说"。

长篇小说的难度，是指艺术上的原创性。原创的总是陌生的，总是要求读者动点脑子的，总是要比阅读那些轻软滑溜的小说来得痛苦和艰难。难也是指结构上的难、语言上的难、思想上的难。

长篇小说的结构，当然可以平铺直叙，这是那些批判现实主义的经典作家的习惯写法。这也是一种颇为省事的写法。

结构从来就不是单纯的形式，它有时候就是内容。长篇小说的结构是长篇小说艺术的重要组成部分，是作家丰沛想象力的表现。好的结构，能够凸现故事的意义，也能够改变故事的单一意义。好的结构，可以超越故事，也可以解构故事。前几年我还说过，"结构就是政治"。如果要理解"结构就是政治"，请看我的《酒国》和《天堂蒜薹之歌》。我们之所以在那些长篇经典作家之后，还可以写作长篇，从某种意义上说，就在于我们还可以在长篇的结构方面展示才华。

长篇小说的语言之难，当然是指具有鲜明个性的、陌生化的语言。但这陌生化的语言，应该是一种基本驯化的语言，不是故意地用方言土语制造阅读困难。方言土语自然是我们语言的富矿，但如果只局限在小说的对话部分使用方言土语，并希望借此实现人物语言的个性化，则是一个误区。把方言土语融入叙述语言，才是对语言的真正贡献。

长篇小说的长度、密度和难度，造成了它的庄严气象。它排斥投机取巧，它笨拙、大度、泥沙俱下，没有肉麻和精明，不需献媚和撒娇。

伟大的长篇是孤独的

在当今这个时代，读者多追流俗，不愿动脑子。

这当然没有什么不对。真正的长篇小说，知音难觅，但知音难觅是正常的。伟大的长篇小说，没有必要像宠物一样遍地打滚，也没有必要像鬣狗一样结群吠叫。它应该是鲸鱼，在深海里孤独地遨游着，响亮而沉重地呼吸着，血水浩荡地生产着，与成群结队的鲨鱼保持着足够的距离。

长篇小说不能为了迎合这个煽情的时代而牺牲自己应有的尊严；长篇小说不能为了适应某些读者而缩短自己的长度，减小自己的密度，降低自己的难度。我就是要这么长，就是要这么密，就是要这么难。愿意看就看，不愿意看就不看。哪怕只剩下一个读者，我也要这样写。

（2005 年 11 月）

蒲松龄和我的文学之路

一

蒲松龄不仅是中国著名的文学家，也是在全世界享有盛誉的短篇小说大师。三百多年前，蒲松龄先生写他的短篇小说的时候，像契诃夫、莫泊桑、欧·亨利这些后来以短篇小说出名的作家都还没有出世。蒲松龄这样伟大的作家，不仅仅是淄博的骄傲，也是山东的骄傲，也是中国的骄傲。能够写出这样的小说的人，该有多么博大的灵魂，该有多么丰富的想象力。所以我想，来淄川讲小说风险很大。

既然来了还是要说，我个人的创作确实是不值一提。刚才那位主持的同学报了我一些作品的名字，尽管我现在写出的字数加起来比蒲松龄要多好几倍，但是我想我这么多的作品加起来也许都不如蒲松龄先生的一个短篇小说有价值。

今年上半年，淄博市搞了一个"蒲松龄短篇小说奖"，评奖的范围是全世界用华文写作的短篇小说，我的《月光斩》非常荣幸地获得了这个奖项。主办方《文艺报》和我们淄博市政府曾经邀请我来参加颁奖典礼，但我因为要到瑞士去访问没有来。人来不了，我写了两首打油诗来表达感激和兴奋的心情。其中一首是："空有经天纬地才，无奈名落孙山外，满腹牢骚无处泄，独坐南窗著聊斋。"第二首是："幸亏名落孙山外，龌龊官场少一人，一部聊斋垂千古，万千进士化尘埃。"听说淄博市政府要把我们这些获奖作家的题词镌刻到墙上，虽然字丑了点，但意思还不错。

我的意思是想说，蒲松龄先生尽管没有中进士，但他对人类的贡献远远超过了那些进士。他的科举道路不成功，到济南去考了十几次，每次都是名落孙山。但是我们把他的创作放到历史的长河里来考察，我们就会发现，如果他当时中了举人，然后到北京会试又中了进士，他的《聊斋志异》很可能写不出来了，中国文学史、世界文学史就缺少了一部伟大的著作。《聊斋志异》的影响不仅仅是在中国，全世界都有很多的译本。《聊斋志异》不仅仅是流传了三百年，再过三百年还会继续往下流传。一部《聊斋志异》可以永垂不朽，可以流传千古。但是跟蒲松龄同时代的，比蒲松龄早的晚的进士累计起来成千上万，这些进士里面当然也有杰出的人物，但是我想大多数还是随着历史化为烟尘，除了他的故乡，除了他的后代，可能很少有人知道，但是蒲松龄是没有人不知道的。

作为一个小说家，应该有一种对自己职业的崇高的感受，应该把文学当作一件严肃的庄严的事业来做，应该把文学当作可以自由表达自己的心声、可以为广大老百姓鼓与呼的事业。我们不要被眼前的很多暂时的荣耀所迷惑，还是应该把目光放得长远一些，做一些对人类有价值的事情。我们现在有成千上万的作家，能够做出像蒲松龄这样业绩的确实也很少，这就关系到个人天才的问题。我们现在每年都发表大量的作品，包括我本人也在持续不断地写作，但这些作品究竟有多少篇能够流传下去，这个还确实是个未知数。但我们也不能因为自己没有蒲松龄那样伟大的才华就放弃不写了，还是应该继续努力，把蒲松龄当作一个目标、一个榜样来激励自己。

我的文学经验，说复杂很复杂，说简单也很简单。刚开始是不自觉地走了一条跟蒲松龄先生同样的道路，后来自觉地以蒲松龄先生作为自己的榜样来进行创作。这两年在中央电视台第十频道上有一个《百家讲坛》，我们山东大学的马瑞芳老师登台讲《聊斋志异》，她是研究《聊斋志异》的专家，讲得非常精彩。她的宣讲使蒲松龄和蒲松龄的《聊斋志异》被更多的人所了解，也掀起了重新阅读蒲松龄的《聊斋志异》的热潮。我在马老师的引导下也重新阅读了《聊斋志异》的很多的篇章。回头来总结一下自己个人的文学道路，总结一下个人文学创作的经验，就感觉到自己在刚开始的时候就不自觉地走上了一条向蒲松龄先生学习的道路。

蒲松龄先生创作的主要资源来自民间。有一个流传非常广的故事，说他在村头大树下摆上了茶壶、茶碗、烟丝、烟笸箩和烟袋，招待来来往往的行客，人来了可以喝茶、可以抽烟，但要讲一个故事给他听。马瑞芳老师考证说这是不可能的，因为蒲松龄一辈子几乎可以用"穷愁潦倒"来形容，他大部分时间是在远离家乡的地方教书，他的一生当中根本没有时间和闲暇坐在村头上招待来往的行客，他也拿不出那么多的茶叶来泡茶给行人喝，他也没有那么多钱来买烟丝。我想这并不说明蒲松龄作品的来源不是民间，他在故乡成长的时候，他后来在外地当教书先生的时候，都是用一双艺术家的眼睛来观察生活，用一双艺术家的耳朵来捕捉生活中所有跟小说有关的声音。他作为一个小说的有心人，把许许多多的流传在我们家乡的奇闻逸事，狐狸的故事、鬼的故事，变成了他的小说的素材。

我刚开始写作的时候走过了一段曲折的道路，那时候由于受"左"的文学思想的影响，认为小说应该作为宣传的一种工具，认为小说应该配合政策，认为小说应该负载很多的政治任务，这就需要千方百计去寻找一些自己不熟悉的题材，编造一些能够配合上政治任务的虚假故事。

1984 年，我考入了解放军艺术学院文学系，在这个学院里面受了很多启发和教育，我慢慢地悟到，小说实际上不应该跟政治有那么密切的关系。小说固然有它的社会功能，小说当然有它的宣传激励的效应，但作家在创作的时候一定不要把这个作为自己的追求。作家创作的时候应该从人物出发、从感觉出发，应该写自己最熟悉最亲切的生活，应该写引起自己心里最大感触的生活。也就是说你要打动别人，你要想让你的作品打动别人，你首先自己要被打动；你要想你的读者能够流出眼泪来，你作为作家在写作和构思的过程中首先要让自己流下眼泪。

这一点蒲松龄先生在三百年前就已经实践过了，他最优秀的篇章里面很多都是在抒发个人心中的积郁。他很多的作品看起来是在说鬼说狐，实际上都是描述的人间的生活。看起来他写的跟人间的事情没有太多的关系，是一些不可能存在的妖魔鬼怪的故事，但这些故事实际上都是以人间的生活，以人间的许许多多的栩栩如生的人物形象作为模特来描述的。这也成了后来许多的批评家和研究者所反复研究和津津乐道的，他实际上借谈鬼谈狐来表达自己个人心中的这种郁闷。一个作家必须有感而发，不能为赋新诗强说愁，必须在作品里面倾注上自己最真实的感情。我想蒲松龄之所以能把小说写得这样好，之所以能够塑造出这么多栩栩如生让我们难以忘却的典型的人物形象，就在于他在写作的时候把自己最真挚的、内心深处最深的感情倾注到他的人物里面去了。这样最深挚的感情一旦付诸人物，就仿佛神仙的手指可以点石成金、可以吹气成仙。

蒲松龄一生中，最耿耿于怀的就是科场失意。这个情结让他抱恨、抱憾、抱屈终生。直到晚年他也没有把这个问题忘记。像这么一个人，那样大的才华，饱读诗书，满腹经纶，无论是民间生活的知识还是书本上的知识，可以说是了如指掌。他的才华和学问超出了当时许许多多金榜题名的进士，但他恰恰是永远也中不了，有好几次都是志在必得，但到头来却是阴差阳错，名落孙山。我想来自宿命的压力、怀才不遇的积愤就变成了他创作的巨大动力。

据马老师研究，蒲松龄一辈子长期在外地做馆做幕，他也有一个梦中情人。据马老师考证，他这个梦中情人是他朋友的一个侍妾，名字叫作顾青霞。蒲松龄很多的诗就是献给顾青霞的。顾青霞多才多艺，能诗善画，还能歌善舞，人长得非常美丽，但红颜薄命，非常不幸。蒲先生对她非常爱慕，非常同情，但碍于礼教，只能将这一切深藏于心。马老师说蒲松龄小说里面的很多人物很可能是以顾青霞作为模特来塑造的。我想这也是我们解读《聊斋志异》的一把钥匙，这也是我们把蒲松龄先生当作一个平常的人来看待的一个理由。

蒲先生具有当今所有作家都望尘莫及的丰富想象力。但他也有凡人的一面，他也有七情六欲，他也有喜怒哀乐。他的七情六欲和喜怒哀乐都变成他小说创作的动力。他的伟大之处，就是他没有沉溺于这种平凡的感情之中，他把这种感情进行了升华，他把他的个人生活跟广大民众的生活结合在了一起。他把他个人的科场失意变成了对科举制度的讽刺和批判，但这种批判不是说教式的，他把自己所有的思想、所有对社会不公正的批判都首先付诸人物形象。也就是说他始终从人物出发，他始终在写作的时候把人放在第一位，把塑造活灵活现栩栩如生的小说人物形象作为他的最高追求。

我想这是我走了许许多多弯路之后，回过头来研究蒲松龄才认识到的。现在回头想我二十世纪八十年代那批作品，为什么取得了一定的成功，获得了很多的好评，就在于我不自觉地遵循了蒲松龄先生所一直实践的创作道路：从生活出发，从个人感触出发，但是要把个人生活融入广大的社会生活当中去，把个人的感受升华成能够被广大的群众所接受的普遍的感情。

第二点要从蒲松龄先生身上学习的，就是从古典文献里面汲取创作的营养。蒲先生把中国过去的书，不管是四书五经还是诸子百家，都烂熟于胸中了。我们今天已经不可能做到他那样的深度，但是我想我们也应该尽可能多地读一些经典，因为经典经过了历史的考验，经过了时间淘汰，它能够流传下来毕竟有它的道理。我们阅读经典，实际上也就站在了祖先的肩膀上，站在祖先的肩膀上我们就获得了一个高度。如果我们没有去认真学习和研究我们的经典，如果完全靠着我们这种下意识，靠着这种直觉，我们可能要多走许许多多无用的道路，如果我们站在经典的基础上来向上攀登，那我们的起点就会相当高了。

我想这两点实际上是我后来又开始重新阅读蒲松龄的时候反

复所考虑的。

我写作的时代，当然同蒲先生那个时代大不一样。尽管蒲松龄读书很多，但他不可能像我们当代作家这样能够阅读到很多西方的小说，我想这也许是我们这一代作家还能够写作的一个理由。我们比曹雪芹和蒲松龄可以更多地接触到来自中国之外的文学，我们可以通过翻译读美国的小说，读俄罗斯的小说，读日本的小说，读韩国的小说。也就是说我们的视野比他们那个时代要宽阔一些，我们能够读到的文学作品的面比他们那个时代应该更加广阔一些。在蒲松龄那个年代、曹雪芹那个时代，中国小说毫无疑问是全世界小说的高峰，到了最近这一百多年来，西方的小说慢慢地超过了中国小说。西方作家在文学技巧上的探索远远地把我们中国作家甩在了后面，尤其是从二十世纪五十年代到七十年代这将近三十年的时间里面，我们中国小说家在小说技巧方面的探索基本是停滞不前的。二十世纪八十年代国门大开，大量的作品翻译过来以后，我们感觉到一种震惊。我们就像南美作家阅读到卡夫卡作品一样，发出一声惊叹——原来小说可以这样写。我们这一代作家阅读西方小说的时候也发出这样的惊叹，原来小说可以这样写。

当然我并不是说蒲松龄的小说里面就没有西方现代小说的那种技巧，实际上它里面也有很多，但是他没有西方作家走得那么远。西方作家在小说技巧方面的探索可能比我们的古典作家走得更远，他们的思想更加开放，他们对小说规矩冲击得更加厉害。从二十世纪八十年代开始，中国当代小说发展的一个巨大的动力来源于我们对西方文学的阅读。我现在回头想，我将近三十年的创作道路实际上也就是一个慢慢寻找到自我的过程。刚开始的时候是在大量地模仿别人，不自觉地下意识地模仿别的作家。后来意识到我们如果永远处在模仿别人的阶段，就没有出头之日，必须写出属于自己的有鲜明风格的作品。这个所谓的鲜明的风格，我想它基本上可以从内容和形式方面来进行解释：一个就是你应该塑造出一系列属于你个人作品系列里面的人物形象，另外一个你要使用一种属于你个人的打上你个人鲜明印记的语言，另外你的小说还应该有一种别人没有用过的结构。在小说的人物塑造、小说的语言和小说的结构方面如果能够全面出新的话，肯定会成为一个非常好的作家。如果做不到这几点，你可以写出很多的小说来，可以写出很多精彩的故事来，但是你离一个优秀的作家的标准要差很多。

二

我的成名作应该是中篇小说《透明的红萝卜》，这个作品写作于1984年，写作之前实际上是受到了一个梦境的启发。早晨梦到了一片萝卜地，我们高密有一种又圆又大的、颜色特别鲜艳的红色的萝卜，萝卜地里面就有一位穿红衣的少女手拿鱼叉，叉着萝卜对着刚刚升起的太阳走过去。这个画面很辉煌，我醒来以后就感觉到它就像一个电影的画面一样在我脑海里久久回荡，不能消失。然后就在这个梦境的画面的基础上，我把自己少年时期的一段经历融合了进去。当然在写的时候，小说里面的主人公黑孩儿已经不是我，仅仅是把我的一些感觉写到里面，他实际上已经变成了一个独立的人物。这个小孩儿从头到尾没有说过一句话，由于他的沉默寡言，由于他这种极其丰富的感受能力和想象力，他跟所有的孩子都不一样。用现在的话来说，这个孩子实际上具备了很多特异功能。他可以听到头发落到地上的声音，他可以隔着几百米听到鱼在水里面吐气泡的声音，他也可以感受到几十公里之外火车通过铁路桥梁的时候引起的他身体的震动。

这样的小说我刚开始写的时候心里也完全没有把握。小说里难道可以写这样的人物吗？因为现实生活当中基本上是不存在这样的人的。这个时候也正是蒲松龄给了我一种巨大的鼓舞。因为我想我们的老祖宗既然可以写狐狸变成人，既然可以写蚂蚱、飞鸟、牡丹、菊花都可以变成人，为什么我不可以写这样一个有特异功能的小男孩呢？为什么不可以写他可以听到头发落地的声音呢？这个小说发表以后引起了很大的反响，这是 1985 年。

1985 年也是中国新时期文学的一个黄金年代，出现了一批好的中篇小说，像王安忆的《小鲍庄》、何立伟的《白色鸟》、刘索拉的《你别无选择》等等。为什么说这个时候是个黄金时代？因为这个时候中国年轻一代的作家已经摆脱掉了把小说当作控诉"文化大革命"的政治工具的那么一种写作状态，注意到了自己的语言、自己的故事风格和类型，对小说的固定模式进行了各自的冲击。刘索拉的那篇小说是一种非常现代态的小说；王安忆的《小鲍庄》也带着一些很魔幻的痕迹，一场大雨下了好几个月；我的这个《透明的红萝卜》就带着童话的色彩，塑造了一个在生活当中绝对见不到的黑孩子的形象。我个人的写作的勇气实际上还是要感谢我们的祖师爷蒲松龄先生。

接下来我写了一系列的小说，1985 年是我创作的一个高潮期。那个时候白天要上课，早上要出操、要练正步、要集合，各种各样的活动，我就利用课余的时间和晚上的时间写作。那一年里大概写了四五部中篇、十几个短篇。其中也写了一个中篇《爆炸》。《爆炸》里边写了一个情节就是一个父亲打了他儿子一巴掌，这一个巴掌写了一千字。当时王蒙先生是《人民文学》的主编，王蒙先生看了这小说就说，莫言真敢写。后来他也跟别人说："如果我年轻二十岁的话我完全可以跟他拼一下。"我说，他不年轻二十岁也完全可以跟我拼一下。因为王蒙在语言方面的渲染能力和排比夸张的能力一点不比我差，他至今也依然具备这种强烈的语言的能力。他完全可以把一个巴掌写成三千字。

接下来一部有名的作品就应该是《红高粱》了。写《红高粱》是在 1985 年的年底。我曾经记忆有误，把《红高粱》的写作时间说成是 1984 年。今年上海华东师范大学的一个博士写了一本《莫言评传》，他做了很多的研究工作，最后证明《红高粱》是在 1985 年写作的。他说莫言之所以把写作《红高粱》的年代推到 1984 年是为了要避开受马尔克斯影响的嫌疑，因为有很多的评论家认为《红高粱》开头的第一句跟马尔克斯著名的小说《百年孤独》的第一句很像。《红高粱》的第一句是说"一九三九年古历八月初九，我父亲这个土匪种十四岁多一点。他跟着后来名满天下的传奇英雄余占鳌司令的队伍去胶平公路伏击敌人的汽车队"，而马尔克斯的《百年孤独》的第一句是说"许多年后，当奥雷连诺上校面对着行刑队的时候，想起了当年跟着他的父亲去看冰块的那个上午"。很多人认为这两个句子是非常相似的，起码在语气上是相似的。这个博士就说，莫言之所以把写作《红高粱》推前到 1984 年，就是因为 1984 年的时候马尔克斯的《百年孤独》还没有翻译成中文，他提前一年，就避开了《红高粱》受到了《百年孤独》的影响的嫌疑。后来我想了想，可能在我的潜意识里面确实有这种想法，但是至今我仍然要说《红高粱》确实没有受到《百年孤独》的影响，写完了《红高粱》之后我才读到了《百年孤独》。文学史上有许许多多这样的事件，有很多人认为这部小说受了那部小说的影响，但是作家是永远不承认的。那么很多作家我想未必像我这么坦率，受影响了就是受影响了，没受影响就是没受影响。包括马尔克斯他本人也是这样。马尔克斯经常说一些莫名其妙的小说对他影响很大，这是一种障眼法。实际上真正使他受到影响的小说，他是不提的，他反而说另外一篇小说对他巨大的影响。就像我许多年前一直不敢承认是蒲松龄对我小说创作产生了影响一样，我老是说苏联的一个作家、日本的一个作家，实际上对我影响最大的是蒲松龄。我的老师是谁？是祖师爷爷蒲松龄。

《红高粱》这个小说因为它的写法跟过去的描写抗日战争的小说的写法很不一样，因此在发表之后引起反响是非常正常的。另外 1986 年也是当代文学的一个好年头，那个时候文学还是一个热门话题。一篇小说发表，这个人可以一举成名。那个时候很多作家就是凭一篇短篇小说、一篇中篇小说获得了巨大的名声。现在很多年轻的作家连续写了很多的中篇长篇，但是知名度并没有像我们当时呼隆得那么大，就是这个时代不同了，关注点不一样了。所以我想一部作品也有一部作品的命运。假如《红高粱家族》这个小说系列放在 2006 年发表，而不是 1986 年发表，那这部小说也就可能变成一部默默无闻的作品了。

这部小说产生的冲击力量基本上是来自三个方面。第一个方面就是这个小说里面描写的像"我爷爷"——当然是加引号的，不是我真正的爷爷，我真正的爷爷是一个木匠，是个非常老实的农民——小说里的"我爷爷"是一个土匪,是一个强盗,杀人越货,到处绑票。小说里的"我爷爷"这样的土匪是参加抗战的,是抗日的英雄。在我们过去的小说或者电影里面,我们抗日的英雄肯定都是八路军和新四军,连国民党这种军队我们都不能写他们抗日,一直到了二十世纪八十年代之后,我们才敢于承认国民党在正面战场上抗击了百分之五十多的日本军队。在我们八十年代之前的有关抗日战争的文学里面,抗日的英雄就是八路军和新四军。《红高粱》是写了一群土匪在抗日,而且还非常的悲壮,都是壮烈地牺牲了,打得也非常的残酷。我想这是这部小说的第一个亮点。第二个,我想是这个小说的语言确实是跟过去传统的写战争的小说不一样。我自己当然也有点王婆卖瓜自卖自夸,像"我爷爷"这个叙事的视角我认为是我的发明,但是这个说穿了以后就很简单。你能写"我爷爷",我就能写"我姥姥",我就写"我大爷",我就写"我奶奶""我姑姑"都可以。在《红高粱》之后也确实出现了许多的小说,什么"我外祖父""我外祖母",什么"我大爷""我大娘"。

我当时之所以用这样的一个人称,就在于为了获得一种叙事的方便,一个后辈的儿孙来写祖先的故事,要么就采用这种全知全能的第三人称——"他"或者"他们"来写,要用第一人称的话,就显得非常的不方便。我讲我奶奶的故事,怎么用第一人称来写?用第三人称,我觉得不亲切也不真实,而且叙事上也很不方便,而且只能讲一个古老的过去式的故事,很难把历史的故事和现在的生活衔接在一起。用了"我爷爷""我奶奶"这样的人称、这样一个叙事的角度,就等于一下子打通了历史和现实之间的墙壁,使叙事者获得了一种巨大的便利。你可以一会儿跳出来指点江山，激扬文字，大发议论，一会儿又进入历史，仿佛以一种自己亲眼见到的亲切和真切来描写历史上发生的事件；你不但可以目睹到当时的情况，而且可以深入到你的祖先的灵魂深处；你不仅仅可以描写"爷爷奶奶"们是怎么样抗战，也可以深入到"爷爷奶奶"们的内心深处去，描写他们心里面的各种各样的想法。像这样的一种叙事视角，也是引起读者注意和批评家好评的重要的原因。当然这里面也运用了很多超现实的描写，里面也有很多恶作剧的顽童式的心态。后来在电影里面像姜文表演的"我爷爷"的这个形象还是把小说的部分精神传达出来了。《红高粱》这部小说尤其是被拍成电影以后，它的影响就更大了。

电影是 1987 年在高密东北乡拍摄的，1988 年就在柏林国际电影节上获得了金熊奖，这也是中国当代的电影第一次在国际 A 级电影节上获得大奖。我记得《人民日报》就有整整的一个专版报道，标题就叫作《红高粱西行》。当时我在我的故乡一个供销社的仓库里，写一部新的小说，我的堂弟就拿着这个报纸对我说，《红高粱》已经得奖了。后来我从高密回到北京，晚上下了火车，就听到在车站的广场上一些年轻人，一边蹬着三轮车一边高唱着"妹妹你大胆地往前走"。在 1988 年到 1989 年这两年的时间，这一首歌是吼遍了大江南北。

《红高粱》使我浪得虚名，真正地变成了一个以写小说为职业的人。我当时的计划就是按照《红高粱》这个方向为这个"红高粱家族"继续往下立传，写完了"爷爷奶奶"这一代，就应该写"父亲"这一代，写完"父亲"这一代就应该写"我们"这一代。我也写了一个中篇叫作《父亲在民夫连里》。我的观点，我想当时是一种跟进化论反其道而行之的观点，进化论是一代胜过一代，我觉得是一代不如一代。我觉得我们跟"爷爷奶奶"他们那个时代相比，活得都非常的苍白。他们都是英雄，我们一个一个都变得特别的软弱，特别的无能。不论在肉体上还是在精神上，我们都是侏儒。这种观点，以后在别的小说里进一步得到了发挥。

但是这个创作的计划被突然地中断了，中断的原因就是，在1987年时候，我们山东发生了一个著名的"蒜薹事件"。在我们临沂地区的一个县里，农民栽种了大批的大蒜，收获了大量的蒜薹，但是由于当地干部的官僚主义、地区封锁，另外也有某些官员的腐败行为，导致了老百姓几百万斤的蒜薹腐烂变质。后来愤怒的农民就把蒜薹抛到大街上，堆到县政府的院子里边，后来就导致了农民包围了县政府、砸了县长的办公室等等影响很大的一个事件。当时的报纸也发了评论的文章，这是个轰动全国的事件。这个事件就把我《红高粱家族》的创作系列给打断了，因为我觉得作为一个当代的作家应该关注当下的生活。尽管我人在京城，但我心在高密；尽管我身披军装，但我骨子里还是个农民。我觉得农民跟我息息相关，也就是说，如果我不出来把这个题材写成小说，我会良心不安的。所以我就躲到一个部队的招待所，只用了三十三天的时间，就写出来一个二十万字的长篇小说。

后来有人就问我是不是私下里去过发生蒜薹事件的地方做过采访，我说我哪里都没去，我的所有的资料来源就是一张《大众日报》。我在写作过程当中就用了一个办法，就是把这个事件移植到了我的故乡的那个村庄。我在小说里面描写的河流、桥梁、房屋、树木都是我最熟悉的那个村庄，包括我家房后的那条河，河滩上那片槐树林，村头上老百姓种植的黄麻等等，都是我最熟悉的生活环境。小说里的许多人物也都是我非常熟悉的一些人物，其中就有我的一些叔叔大爷，我只是把他们改头换面，给他们换上另外一个名字，把他们放到蒜薹事件里面去。这部小说之所以能够写得这么快，之所以能够写得这么样的真切，之所以能够写得这么样的义愤填膺——有人说这是一部愤怒的"蒜薹"——就在于我写的时候确实动了很深的感情。二十世纪八十年代末的时候，农村的干部腐败、官僚主义非常严重，村里的干部们、乡镇和县里的很多干部，对农民的利益漠不关心，一心只想往自己腰包里捞钱；农民生活的艰难困苦，包括农民自身头脑里面的封建意识，农村当中许许多多的黑暗的落后的现象，都是大量存在的。我写的时候就感觉到我就是这一群人当中的一分子，我没有想到我是一个作家，当然我也没有想到我要替老百姓呼吁和说话。写作过程当中，我自己不自觉地进去了，成了小说中的人物。这部小说里面有一个解放军军校的教员出庭为他的父亲辩护，义愤填膺、义正词严地讲了很多慷慨激昂的话。我想这实际上也是我个人跳出来了。好的小说家是应该避免自己在小说里露面的，但也有这种情况，当小说家跟小说里的人物融为一体的时候，他又无法不露面。

写了这个《天堂蒜薹之歌》之后，接下来我又写了像《红蝗》《欢乐》这一类的小说。《欢乐》这个小说是以中学生为题材，写一个中学生连续几年高考，最后跟他同学的已经大学毕业了，他还在高考复习班里面，别人戏称他是"高三本科"。我也写了一篇以蝗虫为题材的小说，素材来自我故乡的一个朋友。他谎报了一个蝗虫的灾情，他发现在河滩上有一圈蚂蚱特别多，然后就写了一篇通讯。据说引起了国务院的注意，要派飞机来灭蝗。我就以这个素材写了一篇很荒诞的、把历史和现实沟通的小说。

进入九十年代后我写了像《十三步》《酒国》这样的作品。《酒国》这部小说国内很多人也不知道。但这部小说在国际上很有影响，获得过法国的奖项，也翻译成多种的外文。《酒国》这部小说是一部超现实的小说，里面有很多的妖魔鬼怪的描写，我的祖师爷还是蒲松龄，是他教我这样写。这部小说的成功之处，我个人认为是它的结构。"莫言"第一次作为一个人物出现在小说里了。首先是"我"作为一个作家在写这部作品；然后是一个热爱文学的青年不断地与"我"通信，把他写的小说寄给"我"，他的小说和"我"正在写的小说到了后半部分就慢慢地融为一体，这个业余作者的故事，跟作家写的故事变成了一个故事；最后作家本人也到了酒国这个地方。这里面还穿插了一个侦查员侦破一个惊天动地的大案件这么一个悬疑情节。最后，这个侦查员是由一个追查罪犯的人变成了一个被别人追捕的四处躲藏的罪犯。"莫言"由一个清醒的写小说的人最后也进入酒国里面去，被灌得不省人事。这部小说是二十世纪九十年代对官场腐败现象批判的力度最大的一篇小说。国内的很多评论家畏畏缩缩地不敢来评它，就是因为这部小说的锋芒太尖锐，有很多话他们不敢说明白。这部小说里的很多情节看起来是非常荒诞的，但是实际上在荒诞当中还是隐藏着一种非常真切的现实。

写完《酒国》之后，下一部就是《丰乳肥臀》。我觉得"丰乳肥臀"这个词，如果我们排除掉这种先入为主的偏见的话，它就是很普通的一个词，它就是不带任何褒贬之意的一种描述。这个词的前半部分"丰乳",应该是带有一种赞美的意味,"肥臀"带有一种嘲讽的意味。二十世纪八九十年代的社会生活,是一种充满着欲望的社会生活。只要看看我们电视上的广告和我们报纸上的广告,就会明白这个社会在宣传一种欲望,在强化一种欲望。九十年代社会欲望横流。我想小说题目里边的"丰乳"是歌颂像母亲这样的伟大的中国女性,怎样熬过了战争、饥荒、病痛和种种的灾难,坚强地活下来;不但自己活下来,而且抚养自己的儿女活下来;不但养大了自己的儿女,还要继续抚养自己儿女的儿女。这样的母亲就像大地一样的丰厚,能够承载万物。进入九十年代,社会物欲横流,所有的人好像都在围绕着女性的身体旋转。所以我想起这个书名中的"肥臀"本身就包含着讽刺的意义。

《檀香刑》这部小说应该是我进入二十一世纪以来的第一部长篇,也是让我获得了很多赞誉的一部小说。这部小说在技术上的一点点创新就在于它把戏曲和小说结合在一起。我不知道淄博有什么戏,我们高密有一个茂腔。在座的也许有高密的小同乡,他们都知道我们高密茂腔。我们高密还有一个茂腔剧团,前几年是全中国、全世界唯一的一个茂腔剧团,后来胶州也成立了一个,那么就两个了。这是一个很小的剧种,也没有什么打得响的剧目,但是我们从小就是听着茂腔长大的。一些研究《檀香刑》的人问我要一些茂腔的这种光碟、VCD资料,他们看了后都非常失望,说,这么难听的戏怎么会让你这么感动?我说,这就是乡音。茂腔是我的故乡的一个组成部分,我的故乡假如有声音的话,那么这个旋律就是茂腔。我当年离开家乡去当兵,第一次探亲回来的时候,一下火车就听到在车站广场旁边的卖油条的小店里面传出了茂腔的唱腔，老旦的那种悲悲切切像哭一样的腔调，我立刻就热泪盈眶，因为这是家乡的声音。在这部小说里面我是把茂腔进行了大幅度的篡改，我给小说这个戏里面增添了很多的素材，譬如说戴着面具、披着猫皮来上台演唱，还给它设计了很多的唱腔，小说里面的唱词也都是我编的。《檀香刑》这部小说的素材是1900年德国修建胶济铁路的时候发生在高密的一个事件。一个农民的领袖，老是跟德国人叫板，德国人白天修铁路，他晚上就扒铁路，最后惊动了袁世凯，镇压了，把他杀掉了。现在我们再来看这个事件本身它也是双重性质的。铁路给胶东半岛带来的到底是什么东西？我想肯定有它进步的意义，相对我们中国二十世纪初叶那个封闭状态，出现一条横贯胶东半岛的铁路，它不只是震动了我们的大地，而且震动了我们的灵魂，让我们知道了在中国之外已经发生了天翻地覆的科技革命。所以火车与其说是现代化的一个交通运输的工具，毋宁说是一个巨大的象征。所以我想围绕着铁路，围绕着火车，可以写一篇很大的小说，这个也是我在写《檀香刑》的时候所思考的一些问题。当然《檀香刑》这部小说因为里面有一些关于酷刑的描写，也引起了很大的争议，也有很多女性说看了这部小说吓得几夜都睡不着觉。当然也有个女的说这部小说特别好。我说你最喜欢哪个部分，她说最喜欢描写酷刑的部分，所以我想这样的女性肯定是特别坚强的女性。

写完了《檀香刑》以后，紧接着就写了《四十一炮》。《四十一炮》实际上就是描写二十世纪九十年代乡村的一种荒诞的变化，在一个屠宰村里面，人们都往肉里注水。里面就描写了一个具有象征性的特别能吃肉的小孩，也就是肉孩子。他在离开家乡以后老百姓把他神化了，变成了一个神。这部小说还是一部童年视角的小说。童年视角在《四十一炮》中得到了一种最集中的表现。很多人认为我是善于写童年视角的，所以我想索性就在《四十一炮》这部小说里面把童年视角写到极致。

接下来就是 2006 年 1 月份出版的《生死疲劳》，这部小说写一个在土地改革中被误杀的地主，这个地主实际上没有多少罪恶，但是后来被枪毙了。这个地主感到很冤枉，说我这一辈子辛辛苦苦的，完全靠劳动致富，跟你现在的这种个体户一样，凭什么把我枪毙了？然后他就不屈不挠地去阎王爷那里告状，去上诉。很多评论家又认为这部小说是学习了西方的魔幻现实主义。我在省图书馆演讲，中午的时候跟马瑞芳老师一块儿吃饭，马老师说："莫言你这个《生死疲劳》还是学的蒲先生的呀。"

蒲松龄的《聊斋志异》里面有一篇小说《席方平》，二十世纪六十年代的时候我们中学的课本里面把它作为课文，它写了一个人为他的父亲鸣冤叫屈，在地狱里面跟阎王进行了不屈不挠的斗争。阎王给他施加了许许多多令人发指的酷刑，包括用锯子把他锯成两半、让他到富贵人家去投胎，他都宁死不屈，非要去讨一个说法，终于碰到了二郎神，然后使他父亲的冤案得到了昭雪。我这部小说一开始就写这么一个人在地狱里面鸣冤叫屈。我确实在写的时候想到用这样的方式向我们的祖师爷爷蒲松龄先生致敬。北京的批评家就看不出来，但马老师看出来了。马老师一眼就看出来了，说我是向蒲松龄先生学习。我们山东一个作家批评我装神弄鬼，我就写了一首打油诗，我说："装神胜过装洋葱，弄鬼胜似玩深沉；问我师从哪一个，淄川爷爷蒲松龄。"

三

今天在我们淄博的山东理工大学里讲，必然绕不开蒲松龄。这并不是说我来到这个地方就要讨好我们淄川人，所以要处处提到蒲松龄。这是事实俱在，我抵赖都抵赖不了，马老师一眼就看出来了，立刻就发现了，你这个开篇第一章是来自哪里。去年（2006 年）的诺贝尔文学奖获得者，土耳其的作家奥尔罕·帕慕克，他有一个小说《我的名字叫红》，《我的名字叫红》的开篇也很像我的这部《生死疲劳》。我说这个跟他没有关系，我这部小说 2006 年 1 月份出版的，他的《我的名字叫红》（中文版）是 5 月份才推出的。我说我真正学的还是蒲松龄。每当我提起蒲松龄来，我就感觉到思绪万千，思绪万千的结果就是语言的颠三倒四。

我想这个人对我来讲意义太重大了。1987 年第一次让我去台湾，让写一个演讲，我就写了一篇短文《学习蒲松龄》。我说蒲松龄的《聊斋志异》里面有好几个故事就是当年我的老老爷爷讲给他听的。这是我的捏造。我当时在农村作为一个社员在劳动的时候，经常听到村里的人讲述妖、狐、鬼、怪的故事。这个时候我没有读《聊斋志异》，后来我读了《聊斋志异》，就发现很多故事在《聊斋志异》里面。当时就推测有两种可能性：一种就是我们村里的乡村知识分子读了《聊斋志异》以后把这个故事讲述给我听，一种就是确实是几百年前我们村里的人或是周围村里的人把这个故事讲给了蒲松龄，然后蒲松龄把它写到书里去。但是我相信可能还是前一种更加可靠一些，是后人看到了蒲松龄的小说，然后再把小说讲述下来。

蒲松龄不仅仅在小说的素材方面有巨大的突破，即便从纯粹的文学技巧上来看，我觉得也有很多让我们不得不向他学习的地方。我今年重读蒲松龄，发现蒲松龄在细节描写方面确实有非凡的功力。他写某个地方从天上掉下一个龙来，落在老百姓的场院。龙那么一个长长的东西，太阳曝晒它，它身上渐渐地散发臭味，招引了许许多多的苍蝇在它身上爬来爬去。蒲松龄说这个龙突然就把所有的鳞片张开了，张开以后所有的苍蝇都钻到它鳞甲的下面去，这时候龙就突然把鳞甲闭住了，这一张一闭就把所有钻到鳞甲下面的苍蝇给夹死了。这个细节描写就仿佛他亲眼看到一样，有了这个细节描写，就让这一个虚构的事件变得那么样地真实。天上掉下一个龙来，大家都想这是不可能发生的，但是由于有了这个鳞甲张开夹死苍蝇的细节描写，我们感觉到这个故事变得像蒲松龄亲眼看到的一样。譬如他写《黄英》，一个人死后变成菊花，这个人生前特别爱喝酒，那么这个菊花后来只有浇酒才能开放，而且在开放的时候还散发着一股浓郁的酒香，这样的细节描写就非常符合这个人原来嗜酒这个身份。他还写《白秋练》，这个女人是长江的一条白鲢鱼成精了，她跟着秀才到北方之后，每年都要托人从长江运来几桶水，只有喝了这个水才能活下去，没有这个水就要死掉，这也非常符合我们现代的科学真实性，只有家乡的水才可以让她延续生命。这样的细节描写我觉得非常符合这个人物本身。《聊斋志异》里面唯一发生在我的家乡高密的一篇小说，里面的主人公叫阿纤，她是一个耗子成精了，这个耗子精很能创家立业。她有一个特长，有一个嗜好，特别喜欢储存粮食，我们想这也符合耗子的天性，这个耗子尽管成精了，可是储存粮食这个习性还是留下来了。正是因为有许许多多来自生活当中的常识性和经验性的细节，就使蒲松龄的许多虚构的狐、鬼、妖的小说富有了人间生活气息，变得那样地真切可信，变得具有那么大的说服力。我想这个就是蒲老祖师在细节描写方面给我们现代的作家留下的宝贵的可以向他学习的财富。

（2007 年 12 月在山东理工大学的演讲）

第四辑

遨游文明长河

　　不同民族的文明如条条源远流长的河流，相互交汇，交换着彼此的营养，激荡出不一样的浪花。古往今来，知识与文化的交流从未断绝，从昔日遣唐使远渡重洋，到今天留学生走出国门；从阅读来自世界各地的优秀文学作品，到用笔将自己家乡的风采展现给不同肤色的人……文明在交流中不断焕发新的光彩，亦在对比中凸显独属于自己的色彩。多彩的文明带着各自独特的气味和质感，共同汇成波澜壮阔的人类文明长河。

　　和莫言一起，遨游文明长河，感受凝聚着先人情感与智慧的波涛，触摸文化交流与碰撞产生的惊喜之浪。当思维的苍穹宽广无垠，你将更清晰地认识世界，更精准地认识自我；以开阔的视野和宽广的胸怀不断吸收养分，你定能迸发新的灵感，创造出无限精彩的未来！

好文学与好作家

开了两天会，终于谈到了文学。上个月，我因为胃出血住进了医院，出院以后身体虚弱，本来想跟有关方面打个招呼，在家养病，不来参加这个会议。但我妻子说，既然已经答应了别人，就应该信守承诺，尽管你一爬楼梯就冒虚汗，但我建议你还是要去。你若不去，对会议主办方很不尊重。听妻子话，我来了。我临出门的时候，妻子对我说，听说德国的高压锅特别好，你买一个带回来。我这才明白她让我来的真正目的是让我来买锅。我前天上午已经完成了任务，买了个高压锅在床头放着。这次来呢，我还知道德国某些媒体给我背上了一个黑锅——非常抱歉，可能给同传翻译的女士增加了困难，中国人将强加于自己的不实之词称为"背黑锅"——中国有一些小报经常这样干，经常造我的谣言。我没想到像德国这样号称严谨的国家的媒体也会这么干。由此我也明白，全世界的新闻媒体都差不多。这次我来法兰克福，收获很大，买回了一个银光闪闪的高压锅，同时卸下了一个黑锅。我是山东人，山东人大男子主义，如果一个男人听老婆的话会被人瞧不起的，我这次来才体会到老婆的话一定要听。我如果不来，第一买不回高压锅，第二我的黑锅就要背到底了。我老婆的话体现了两个很宝贵的原则，一个是要履行承诺，答应了别人一定要做到；第二个就是别人好的东西我们要拿过来。德国的锅好，我们就买德国的锅。我老婆的这两点宝贵品质值得很多人学习。前天晚上我给她发了个短信，把我这次的行动做了汇报。她给我回短信，再买一个高压锅。两个高压锅太沉了！我就给她撒了一个谎，德国海关规定每个人只能买一个高压锅。假如我们的德国朋友不反对，不怕中国人把德国的高压锅买得涨价的话，我回去会利用我在中国的影响，写文章宣传德国锅的好处，让全中国的家庭主妇都让她们的丈夫来买锅。

光说锅也不行，我们还得说文学。我认为优秀的文学作品是应该超越党派、超越阶级、超越政治、超越国界的。作家是有国籍的，这毫无疑问，但优秀的文学是没有国界的。优秀的文学作品是属于人的文学，是描写人的感情、描写人的命运的。它应该站在全人类的立场上，应该具有普世的价值。像德国的作家歌德的作品、托马斯·曼的作品、伯尔的作品、君特·格拉斯的作品、马丁·瓦尔泽的作品，还有西格弗里德·伦茨的作品，这些作品我大部分都读过。我认为他们的作品就是具有普世价值的、超越了国界的文学。尽管他们描写的是中国读者并不熟悉的德国生活，讲的是德国的故事，但因为他们的作品在描述了德国生活的特殊性的同时，也表现了人类情感的共同性，因此他们的作品就获得了走向世界的通行证，因此他们的文学既是德国的文学也是世界的文学。

我必须坦率地承认，中国当代文学中，也就是从 1949 年到现在的文学当中，确实有一批作品是不具备世界文学的素质的。因为这批作品的作者受到了时代的限制，不敢也不愿意把他们心中的真实的情感表露出来。这种情况在二十世纪的八十年代发生了变化。尽管有很多人对中国最近三十年来的文学的评价不高，包括德国的著名汉学家顾彬先生，他对我们最近三十年来的当代文学评价很低。他有很多非常有名的说法，我在这里就不重复了。但是我个人认为最近三十年来的中国当代文学取得了很大的成绩。我们写出了很多具有世界文学品质的优秀作品。

中国当代文学之所以能在三十年来取得显著的进步和巨大的成绩，是因为我们中国作家三十年来大胆地谦虚地向西方文学进行了学习，包括向德国作家的作品学习。但是向西方文学的学习并不意味着要照着西方文学的模式来克隆我们自己的小说、诗歌。在二十世纪八十年代中期，我们确实经过了简单模仿的阶段，但是这个阶段很快就过去了，因为我们很快就认识到了这样的模仿是没有出路的。你模仿君特·格拉斯模仿得再像，那有什么意义呢？那顶多说你是中国的君特·格拉斯。模仿马丁·瓦尔泽模仿得再像，也没有意义，顶多说你是中国的马丁·瓦尔泽。要取得自己的文学地位，就必须写出属于自己的、与别人不一样的东西。一个国家的文学想要取得在世界文学中的地位，同样也要具备自己的鲜明的风格，跟别的文学在基本点上有共同的地方，但某些特性要十分鲜明。所以我想，中国文学既是世界文学的一个构成部分，也是属于中国自己的，这才是对的。那如何实现这一目标，这就需要我们在向中国古典文学、西方文学包括德国文学学习的同时，去发掘我们中国的老百姓日常生活当中所蕴藏着的创作资源，包括我们每一个人与别人不一样的亲身经验。然后在我们个人独特经验的基础之上，塑造出我们自己的人物系列，使用或者锤炼出属于我们自己的文学语言，创作出具有鲜明个性的小说或者诗歌。这样的话，作为一个作家才有可能取得自己在文坛当中的地位，作为一个国家的文学才有可能取得在世界文坛上的地位。但是这个目标目前还远远未能实现。我们尽管取得了很大的成绩，但是离我所想象的伟大的文学还有很大的差距。这就要求我们确实还是要继续谦虚地学习所有国家、所有民族的优秀文学作品，学习我们中国传统文学作品，更要深入到日常的最普遍的生活当中去，亲身体验，写出自己感触最深的、心中最痛的感觉，那么我们的作品才有可能具有世界文学的价值，否则很难说我们写的到底是什么东西。

另外，我想谈一下文学多样化的问题。高压锅可以批量生产，而且越符合标准越好，便于修理嘛。文学最怕的就是批量生产。我确实没有资格对中国当代文学进行评价，因为在这三十年来出现了成千上万的作家，出现了可以说是汗牛充栋的文学作品。如果一个人没有大量地阅读文学作品，要对它做一个总体性的评价是很冒险的也是很不负责的。我也没有兴趣过多地评论别人的作品，但是我有自己关于文学的标准，而且我按这个标准把作家分成好的和比较好的。我可以不喜欢某个作家，但是我无权干涉他的创作方式。如果我作为一个批评家，当然要尽量排除掉我个人的审美偏好，尽量客观地评价别人。但是我作为一个作家，我就可以非常个性化地选择我所喜欢的，不读我不喜欢的。

刚才一位先生提到了作家和社会生活的关系，尤其是和政治之间的关系。好的文学、好的作家当然离不开社会生活。作为一个中国作家必须对中国社会所发生的一切保持一种高度的兴趣，而且有深入的了解和体验。你要对社会上所发生的各种各样的问题有一个自己的看法，这种看法可以和所有人都不一样。对于一个作家、对于文学来讲，最可贵的就在于它和所有人都不一样。如果我们所有的作家的看法都一样，那么这么多作家的存在价值就值得怀疑。

在社会中，有的时候我们要强调一种共性，但是在文学当中确实要高度地强调个性。在国内，我做过的很多演讲都以文学的个性化与作家的个性化为题目。这也是三十年来中国作家所做的巨大的努力，就是要从模式化的、公式化的、雷同的作品的套路中解脱出来。作家对社会上存在的黑暗现象、对人性的丑和恶当然要有强烈的义愤和批评，但是我们不能让所有的作家用统一的方式表现正义感。有的作家可以站在大街上高呼口号，表达他对社会上不公正的现象的看法，但是我们也要容许有的作家躲在小房子里用小说或者诗歌或者其他文学的样式来表现他对社会上这些不公正的黑暗的事情的批评，而且我想说对于文学来讲，有个巨大的禁忌就是过于直露地表达自己的政治观点。作家的政治观点应该是用文学的、形象化的方式来呈现。如果不是用形象化的、文学的方式，那么我们的小说就会变成口号，变成宣传品。所以我想，作家的政治态度，他对社会热点问题的关注确实跟政治家、社会学家的表现方式不一样，即便是作家队伍里面也应该有很多差异。我们确实没有必要强行要求所有的人都一样。最终我还是认为，归根结底，一个作家还是要用作品来说话，因为作家的职业决定了写作才是他最神圣的职责。如果一个人只有作家的名号，没有小说、诗歌，没有其他的文学作品，那么算个什么作家呢？什么叫作家？因为他写了作品。什么叫著名作家？因为他写了产生巨大影响的作品。什么是伟大作家？因为他写出了能够影响全人类的伟大作品。所以作家的名号是建立在作品的基础之上的。没有作品，那么你这个作家的身份是非常值得怀疑的。当然我想每个人都不彻底，我也不彻底。如果我彻底的话，那么我就应该像我的名字一样不要说话。所以我也不彻底，我也要说话。

最后，我讲一个小故事。听说法兰克福是歌德的出生地。在中国，流传着一个非常有名的关于歌德的故事。有一次，歌德和贝多芬在路上并肩行走。突然，对面来了国王的仪仗。贝多芬昂首挺胸，从国王的仪仗队面前挺身而过。歌德退到路边，摘下帽子，在仪仗队面前恭敬肃立。我想，这个故事向我们传达的就是对贝多芬的尊敬和对歌德的蔑视。在年轻的时候，我也认为贝多芬了不起，歌德太不像话了。但随着年龄的增长，我慢慢意识到，在某种意义上，像贝多芬那样做也许并不困难。但像歌德那样，退到路边，摘下帽子，尊重世俗，对着国王的仪仗恭恭敬敬地行礼反而需要巨大的勇气。

（2009 年 9 月在德国法兰克福"感知中国"论坛上的演讲）

幻想与现实

二十世纪八十年代，我曾经幻想着有朝一日能到加西亚·马尔克斯的祖国哥伦比亚看看，现在，这个幻想变成了现实。本世纪初，我曾经幻想在某次国际文学会议上与加西亚·马尔克斯见面，并且想好了见到他时要说的第一句话，但因为他身体欠佳，没有参加这次会议，这个幻想没有变成现实。

拉丁美洲文学对于我们这批二十世纪八十年代开始写作的中国作家是异常辉煌又分外亲切的文学现实。那时大量拉美文学被翻译到中国，我和我的同行们如饥似渴地阅读，受到了很大的启发。我当时的感受和马尔克斯当年在巴黎的阁楼上初次读到卡夫卡的小说时的感受是一样的：啊，原来小说可以这样写啊！

1986 年，我写过一篇题为《两座灼热的高炉》的文章，讲述了加西亚·马尔克斯和美国作家福克纳带给我的启发和诱惑。他们启发了我可以怎样写，但他们也诱惑着我像他们那样写。我在文章中表达了想要摆脱他们、创造一种具有鲜明民族风格和个人独特风格的文学的幻想。三十多年来，在中国作家的共同努力下，这个幻想也基本上成了现实。

文学幻想，展现了人类对幸福和美好未来的向往。幻想可以使得文学更加逼近现实。当然，无论多么神奇的幻想，也是建立在现实的基础上。中国清代的文学家蒲松龄的短篇小说集《聊斋

志异》中，很多情节荒诞不经，但却让人不觉其虚假，原因在于
大量富有现实生活气息的细节。譬如其中有一篇小说讲某次雷雨
过后，天上掉下了一条龙。我们都知道龙是一种根本不存在的动
物，但蒲松龄写这条掉到地上的龙身上落满了苍蝇。龙将身上所
有的鳞片张开，让苍蝇钻进去，然后它猛地闭合鳞片，将苍蝇消
灭。后来，天降大雨，雷声隆隆，龙呼啸一声飞到天上去了。这
样的细节，让龙这种虚幻的动物获得了艺术的真实性。又如我们
熟悉的《百年孤独》中有这样一个细节：霍塞·阿卡蒂奥中弹身
亡，他的血沿着大街小巷，曲曲折折，一直流到了母亲乌苏娜的
厨房里。乌苏娜循着血迹，来到出事地点。通过这个细节，母子
深情，得到了集中而强烈的展示。这些极尽夸张的故事，因为来
自现实生活的细节的真实，以及作家讲述时的高度自信，从而产
生了巨大的说服力并形成了独特的艺术魅力。

最近三十多年来，中国社会发生了令世界瞩目的巨大进步和
变化。当年我们幻想的事情，今天已经成为现实；当年我们做梦
都没想到的事情，今天已经变成或正在变成现实。

前不久我回故乡高密，遇到了一个九十多岁的老人，他谈到
了四十多年前，我与他一起在村子里干活时的一些往事。当时我
是一个懒惰的儿童，他是一个勤奋的干农活的好手。我曾经跟他
说，将来，割麦子、掰玉米、摘棉花，这些沉重的农活，都可以
用机器代替。他讽刺我说，将来还会有一种机器，一按电钮，包
子、饺子、鸡鸭鱼肉都会热气腾腾地冒出来，你等着吃就行了。
这次碰到他，他说，大侄子，你了不起啊，你能预知未来！你当
年说的，都成了真事了。我说，大伯，那些事，都是我从报纸上
看到的。他说，你再给我预言一下，再过三十年，还会有什么变

化？我说，大伯，我真的不知道三十年后会是什么样子，连三年后的事我都不知道，但您当初说的那种一按电钮，各种好吃的好喝的都会冒出来的机器，从技术上来讲，完全可以变成现实。

中国社会的发展和进步，是中国作家面临着的现实，是我们文学艺术最宝贵的创作资源，也是我们的艺术幻想的根基。我当年坐在每小时速度 50 公里的火车上，幻想着自己是骑着一匹骏马在田野里奔驰；现在我坐在每小时 300 公里的高铁上，幻想着自己是骑在一枚火箭上向月亮飞驰。现实变了，幻想也会变。不了解现实，幻想的翅膀就无法展开。因此，作家必须与时俱进，才能写出富有时代气息的作品。即便写的是历史题材的作品，如果作家能以最新的现实为立足点，也会使古老的故事产生新意。

我曾经想好的见到马尔克斯时要说的第一句话是：先生，我在梦中曾与您喝过咖啡，但那咖啡的味道跟中国的绿茶一样。

（2015 年 5 月在哥伦比亚波哥大"中国–拉丁美洲人文交流研讨会"上的演讲）

河流与文学

　　尊敬的校长、老师们、同学们，感谢贵校授予我荣誉博士称号，这个称号没给我增加学问，但可以给我的衣柜里增加一套博士袍服，这也是一件很好的事情。这是我获得的第十二个荣誉博士。也许，一百个荣誉博士头衔，也比不上一个真正的博士学位，就像一百条干涸的大河，也比不上一条水量充沛的小河一样。我已垂垂老矣，但还是在努力学习，为了使自己不至于被时代甩得太远，为了使自己距离一个真正的博士稍微近一点。

　　童年时，错以为我家房后那条河，就是世界上最大的河。后来，我跟随民工队去离家两百里的地方挖掘加宽一条横贯胶东半岛的胶莱河，才知道胶河只是胶莱河的一条支流，全长不到一百公里，流域面积将近六百平方公里，从数字来看，实在是一条在国家地图上可以忽略的小河。后来我当兵离开故乡，跑了好多地方，见到了黄河、长江，才知道我家房后那条河的确是太小了。我热爱江河，对这方面的知识也就比较敏感，于是就知道了世界上最长的河是非洲的尼罗河，而水量最大、支流最多、流域最宽阔的是南美洲的亚马孙河。想想它的一万五千多条支流，想想它二百公里宽的入海口，想想它占全球河流总水量百分之二十的水量，都让我激动不安。那是多么壮观的景象啊！自从知道了这些，我便产生了一个梦想，那就是：到南美洲去，去看亚马孙河，去看亚马孙河的入海处。

2014 年巴西世界杯，我看了终场比赛，也就是阿根廷和德国的那场争夺冠军的比赛。我的立场，毫无疑问地站在阿根廷一边，因为阿根廷是南美洲国家，而南美洲有一条亚马孙河。看完球赛后，我有点失望，因为阿根廷输了。很多阿根廷球迷在街上哭泣，当然也有很多德国球迷在街上欢笑。我也就略感失望而已，因为我此行的根本目的不是来看球，而是来看亚马孙河。球赛结束第二天我就迫不及待地飞往玛瑙斯，中国的一家媒体在那儿为我安排了一个旅游项目，让我乘坐游船在亚马孙河上漂流一个星期。在飞机上，透过舷窗，我看到亚马孙河的景象。那么多曲折迂回，包围着或是分割着葱翠的绿洲。我从空中俯瞰过好几条大河，但都没有亚马孙河这样壮观美丽，这样富有蓬勃的生命力。

接下来的一周里，我夜晚睡在船上，白天随船在河道上航行，或是乘坐小艇到热带雨林里去探险，或是到原始居民部落去访问，或是去垂钓食人鱼，或是去捉鳄鱼。日程安排得丰富多彩，事物新鲜得令人眼花缭乱。我看到了树上栖息的艳丽的鹦鹉，看到了挂在树上的巨大的蟒蛇，看到了粉红色的河豚跃出水面，看到了张着大嘴晒牙的鳄鱼，看到了在树梢追逐跳跃的猴子，看到了在幽暗的夜晚鳄鱼和兽类眼睛闪烁的光芒，看到了许多珍稀的植物，看到了孩子们赤着脚在泥地上踢球，看到了土著居民表演钻木取火，看到了殖民主义者建造的豪华庄园。我还听到了鸟类的鸣叫、兽类的嚎叫、人类的喊叫与歌唱。我还嗅到了森林的、河流的、植物的、动物的丰富的气味，而这些气味中，最让我感动和难以忘却的，是浩瀚的河流的气味。

　　船上有四十多位游客，来自世界上十几个国家。有一对阿根廷的农场主父子，与我成了酒友。我们品尝着丰富的美食，喝着花样繁多的鸡尾酒，一杯一杯又一杯。他们知道博尔赫斯，读过他的作品，并为自己国家有这样一位伟大的作家而自豪。甲板上那位花白头发的老水手弹着吉他，用苍凉的嗓音唱着民歌。我听不懂他的语言，但我大概感受到了他演唱的内容或者说他通过歌唱表达的情感。我坐在他对面喝着啤酒，看他的目光和他的脸。据说他是印第安人，原住民的后代。他唱的怎么会不是他的部族、他的祖先的记忆？血与火，刀与枪，屠杀与奴役，革命与反抗，死亡与爱情……无数的日子，犹如大树的年轮；无数的情感，通过歌唱传承。我的目光，当然也旁及船舷两侧辽阔的大河。这么多的水，这么多的水啊，汇集在这里，成为孕育万物的母亲般的滔滔大河。河，地球的血管，网络分布。有它就有生命，无它即是荒凉。

　　河就是文明与文化的源头，当然也是文学的源头。漂流在亚马孙河上，我很多次地想到了加西亚·马尔克斯、巴尔加斯·略萨、胡安·鲁尔福、阿莱霍·卡彭铁尔、安赫尔·阿斯图里亚斯、巴勃罗·聂鲁达、豪·路易斯·博尔赫斯、胡里奥·科塔萨尔、卡洛斯·富恩特斯、伊莎贝拉·阿连德、罗贝托·波拉尼奥……这灿若群星的拉丁美洲文学群体。我确实阅读过很多拉丁美洲文学，但我知道我所阅读到的，仅仅是拉丁美洲文学的极小一部分，但就是这一小部分已经让我受到了震撼和启发。

　　漂流在亚马孙河上的那些日日夜夜里，我经常回忆起许多年前，我坐在自家的炕头上，透过后窗观看胶河中滚滚东流的洪水的情景。那时候我是个少年，因为脚上生了一个毒疮，只能坐在炕上。大雨倾盆，无休无止，好像天漏了。不断地有新的洪峰即将到来的消息，通过挂在墙上的那个小喇叭传过来，送来恐慌与兴奋。村里的成年人，都到河堤上去了。他们提着灯笼，扛着铁锹，在河堤上巡逻着，观察着，随时准备堵漏抢险。后来连老人和孩子也上了河堤，因为一旦决口，在河堤上反而比在村子里安全。那时，村子里的房屋全都是土墙草顶，在洪水中会顷刻坍塌。雨下得太大，土地已经被水灌饱，只要在地上挖一个小坑，就会有水冒出来。不时地有邻居家房屋倒塌的声响传来。牛和羊都被解脱了缰绳，它们竟然也跑到了河堤上，它们的身体在颤抖，因为它们感受到了危险，它们极力地向人靠拢，也许它们感到靠着人才是安全的。鸡都飞到了树上，只有鸭和鹅，无忧无虑地在院子里戏水捕食。院子里的积水里竟然有鱼虾。谁也不知道这些鱼虾是从哪里来的。院子里还有一些马蹄大的蛤蟆在爬行、捕食。它们用毒辣的目光盯着树枝上的蝉，那些蝉便像中了魔法一样，掉落到它们嘴里。

回忆到此，我不得不提起古巴牛蛙，这是一件被遗忘的旧事。当时，为了改善人民生活，中国的有关部门从古巴引进了牛蛙。我村临近的国营胶河农场，承接了引进牛蛙的驯养工作。但由于管理不善，致使牛蛙逃逸。地势低洼，潮湿多雨，沼泽、水塘密布的高密东北乡便成了这些逃逸牛蛙的天堂。它们很快繁殖成灾，本地的原生青蛙，成了它们的食品。每到夜晚，洪亮的牛蛙叫声使高密东北乡人民难以安眠。前年，我曾写了一首诗，提到了古巴牛蛙的事：

蛙，生命的图腾，繁殖的象征。

　　与水息息相连，与河密切相关。

　　它跳上一张白纸，成为小说封面。

　　我坐在炕头上，焦虑不安地看着河中的洪水。在我的视线中，河中的水似乎比河堤还要高。我看到洪水像一群群扬着鬃毛的野马，追逐着向东奔流。许多年后，1994 年诺贝尔文学奖获得者、日本作家大江健三郎先生到我的旧居来参观时，他说他正在想象那些像马群一样奔腾而来的洪水。他读过我很多小说，关于浪头像马群一样的描写，出自我早期一部短篇小说，题名《秋水》。这是我二十世纪八十年代初期的作品，也是在这部小说中，第一次出现的"高密东北乡"这个文学地理名称，如今就像加西亚·马尔克斯的马孔多小镇、威廉·福克纳的约克纳帕塔法县一样，成为文学研究者笔下一个熟语。我受过他们的影响，这是必须承认的，而加西亚·马尔克斯受过威廉·福克纳的影响，这也是毋庸置疑的。

　　坐在游船上，我看到夕阳把亚马孙河映照得一片血红，不时有大鱼从水中跃起，还有成群的水鸟在水面翔集。我回忆着胶河决堤的那个下午，先是河堤上响起了急促的锣声，伴随着锣声的是人的喧哗。我坐在炕上，看到似乎比河堤还要高的河水像熔化的铁水凝重而辉煌。决堤了！如果是在村子里决堤，那村庄片刻便会被摧毁，我也将被压在房屋里边，或者，我会随波逐流。我五岁时便无师自通地学会了游泳。村后只要有条河，村子里便没有不会游泳的孩子。尽管年年都有孩子被淹死，但孩子们依然下河洗澡、抓鱼、游泳。掌握到水里生活的技能是人类的热望和追求。游泳技术高超的人在村庄里受到普遍的尊重，游泳技术高超的孩子，必然会是孩子们的王。我看过骡马凫水过河，看过牛羊凫水过河，也看过猪狗凫水过河。在我所认识的动物里边，水性最好的是猪，其次是马；水性最差的是羊，其次是狗。这些动物的游泳技术也是无师自通，这些知识都是我的文学资源。

事后得知，那天下午，村后的河堤的确出现了险情，就在村中人奋力抢险时，几个少年在村子外扒开了河堤。河堤的黄土已被泡涨，只要扒开一个小决口，洪水便会奔涌而出，顷刻之间便冲刷出一道宽阔的泄洪通道。就这样，村子保住了，但村外的庄稼地和国营农场的古巴牛蛙养殖场、匈牙利良种羊养殖场、保加利亚良种鸡养殖场都被洪水淹没了。牛蛙从此便在高密东北乡泛滥成灾，成了外来的霸凌物种。

这些童年时期与水与河相关的记忆，都被我写进了小说，或者说构成了我的小说的重要部分。前边提到过的那篇《秋水》，是我的文学王国"高密东北乡"的开篇之作，故事讲一男一女在一个被洪水包围的小山上生养后代的故事，这是我的文学的无意识的创世纪。接下来我写了一系列与河与洪水相关的小说。我在亚马孙河的游船上，聆听老水手歌唱时回忆起了我的成名小说《透明的红萝卜》里那位老铁匠夜晚在铁匠炉边吟唱古老民谣的情节。那个老铁匠的原型，是我的铁匠师傅。我十二岁时曾在修建泄洪闸的工地上，给铁匠师傅当过学徒。所谓"泄洪闸"，就是在河堤上修建一座有十二个涵洞的闸门，当洪水滔滔，影响到村庄的安全时，就把这泄洪闸上的闸门提起，让洪水泄到堤外的洼地里，以此手段保护村庄。修建泄洪闸的思路完全出自我那几个扒开河堤淹了国营农场养殖场，保住了村庄的小伙伴的事例。当然，因为淹了国营农场，他们都接受过调查，但他们都拒不承认是自己扒开的河堤。我在这篇小说里，描写了河边的神秘夜晚，描写了一个感觉超常的孩子，他能够听到气味，能够看到声音，能够忍受常人不能忍受的肉体痛苦。他是个黑色的精灵。虽然我不是他，但他的形象里有我的生命体验，最起码，他与我一样，在河边的桥洞里，在幽蓝炉火映照下，聆听过老铁匠的歌唱：

> ……你全不念三载共枕，如云如雨，一片恩情，当作粪土。奴为你夏夜打扇，冬夜暖足，怀中的香瓜，腹中的火炉……你骏马高官，良田万亩，丢弃奴家招赘相府，我我我我是苦命的奴呀……

这些很像中国的传统戏曲里的唱词，似乎是在讲述一个被抛弃的女人对负心男子的抱怨，也曾有人问我这些唱词出自哪部戏曲，我说没有出处，是我随意写的，也是小说中人物随口唱的。他的唱词其实并不重要，重要的是他的腔调，那样一种从内心深处发出的充满了命运感的悲凉腔调，能使人感受到时光流逝、大河奔流、生命轮回等等人力无法抗拒的力量。亚马孙河游船上的老水手与我的故乡桥洞里的老铁匠——也是我小说中的老铁匠——的歌声息息相通。这种既悲观又达观的歌唱，是人与大自然融为一体的歌唱。这样的歌唱不需要唱词。我的故乡，确有人能作无词的歌唱，他只用几个简单的音节，用变化多端翻来覆去的腔调，便表现出了人生的一切内容。

我的故乡，曾有一个手足上生有蹼膜的儿童，他是我的小学同学。这样的人物很像马尔克斯《百年孤独》中的人物。二十世纪六十年代，我的故乡雨量充沛，不仅胶河里河水滔滔，很多洼地也都变成了池塘。这时候，有一位从省城贬下来的游泳健将担任了我们的体育老师。这位老师各种泳姿均能，但最擅长的是蛙泳，据说他是省蛙泳纪录的创造者。我们这些河边的孩子都会游泳，因之对这位要教我们蛙泳的体育老师极度蔑视。但当这位老师在水中对我们施展了他的泳技，尤其是他的蛙泳技术后，我们一个个都佩服得五体投地。唯一不服的是我们这位脚与手上生有蹼膜的同学。他提出要与老师比赛，尽管最终输给了老师，但老师对他的游泳天分极为欣赏。在老师的精心培养下，我们这位同学很快便获得了县里的、地区的少年蛙泳比赛冠军。老师说，他的成绩足可以跟省里的成年冠军抗衡。就在他与老师踌躇满志地想去参加省里的运动会时，一封举报信取消了他的参赛资格。举报的内容就是我这位同学手足间的蹼膜。那举报者在信里恶狠狠地说："让人与一个青蛙精比赛蛙泳，这是不公正的。"于是，一个严肃的问题摆在了我的同学和我们老师面前：如想参加比赛，必须切除蹼膜；如不切除蹼膜，只能退出比赛。反复斟酌后，我们的老师出资，去医院为我同学做了手术，但遗憾的是，切除蹼膜后，我同学的泳技尽失。

这是一个马尔克斯式的故事，在我心中沉睡多年，直到去年我才把它写出来。是的，在亚马孙河的游船上我想到了这位同学和他的被切除的蹼膜，如果不是那位举报者多事，我的同学成为世界冠军也是可能的。既然这蹼膜丝毫不影响他的生活，而且还赋予他游泳的神奇能力，为什么就要切掉呢？由我同学手脚上的蹼膜，我联想到马尔克斯《百年孤独》中那个拖着猪尾巴的婴儿。这个具有强烈象征意义的形象，挡住了所有作家向这个类型的故事前进的步伐。我们不能写得比他好，那索性就别写了。这也是我把这位手足生蹼的小学同学的故事搁置了三十多年才勉强写出的原因。但另一个与我的邻居有关的故事，我永远也不能写了。这位邻居一直单身。据说他多年前曾结过一次婚，但新婚之夜过后即离婚了。离婚的原因讳莫如深。许多年后，当我开始小说写作时，终于用一瓶好酒、一条好烟，换来了他的秘密。原来，那位新娘长了一条尾巴。我的邻居对他的一夜新娘的那条尾巴的描绘栩栩如生，其中许多细节远比马尔克斯描写的精彩，但这个故事无论多么精彩，如果写出来，就会被认为是对马尔克斯的拙劣模仿。

我乘坐的游轮，似乎在我的睡梦中都在航行。我想当然地以为它是朝着大河的入海口进发。那一眼望不到边缘的河面，会在某个早晨突然出现在我的眼前，让我多年的梦想得以实现。我确实看到了水天相接的景象，像海一样宽阔的水面，但这里仅仅距离玛瑙斯数十公里，这只是几条支流与亚马孙河的主河道的交汇处。眼界所至都是浩渺的水，只有那一线墨绿，标志着那是热带雨林的边缘。在这样的时刻，我自然地想起了威廉·福克纳的小说《老人河》，那逃亡的黑奴，那密西西比河的滚滚洪水，那在洪水中挣扎着游泳的动物，还有肥硕的鲇鱼。当然我还想到了马克·吐温和他的名著《汤姆·索亚历险记》，以及《哈克贝里·费恩历险记》，这位在密西西比河上当过水手的作家，写起河来自然得心应手，他的小说大都是河上发生的故事。

我也回忆起自己的小说《生死疲劳》，这是我 2005 年完成的作品，这部小说中有描写胶河的章节。胶河在我初期的小说里只是一条小河，但到了 1996 年我发表的小说《丰乳肥臀》里，已经成为一条波浪翻滚的大河，和长江差不多，但比亚马孙河窄一点。在我的小说《丰乳肥臀》中，胶河水面已经有两公里宽，游击队员们冒着生命危险渡到对岸，河面上，漂流着枯枝败叶和淹死的动物的尸体。在我的小说《生死疲劳》里，河面已经宽阔得望不到对岸，我让一只巨大的公猪，驮着一头小母猪，顺流而下，速度快得惊人，最后我让它们像飞鱼一样脱离了水面，直接飞到月亮上去了。这些当然都是想象，都是梦幻，但想象必有现实做基础，梦幻也是现实生活的倒影。如果没有童年时期在湍急的河水中顺流而下的游泳经验，我的确也写不出小说中这些奇特的场面。

尽管我没看到亚马孙河的入海口，但我看到了几条支流与亚马孙主河道的交汇，几种不同颜色的河水形成明显的分界，渐渐地混合在一起，带着各自的颜色和气味，带着各自的文化和记忆。你从高山走来，我从森林流过，最终汇成大河，进入大海。这形式这内容，与人类文明的交流与发展是多么相似。即将结束这次短暂的水上漂流之旅的最后一个晚上，餐厅提供的免费酒菜格外丰盛精美，大家聚在一起，干杯、喝酒、跳舞、恋恋不舍，我与那对阿根廷父子建立了深厚的友谊，互留通联方式。五年过去了，他们生活得可好？我当时也想过，这也许是我第一次也是最后一次来拉美，但没想到，第二年我又来了拉美。没想到过了四年，我第三次来到了拉美。上次我在秘鲁购买的羊驼绒大衣已经在我的衣柜里挂了四年，我从没穿过它，几乎忘了它的存在。

船上的人知道了我的作家身份，他们让我发表一个简单的演讲。我说，来自天南海北的朋友们，中国有一出著名的戏曲《白蛇传》里有两句著名的唱词，叫作"十年修得同船渡，百年修得共枕眠",这两句话讲的是人与人的缘分,在茫茫的人海中,只有我们这些人在这条船上共同生活了一周,这是多么大的机缘凑巧啊,所以我们要珍惜,并把这美好的记忆长存。《白蛇传》讲的是人与蛇变成的美女恋爱结婚的故事。缘分发生在水上,没有水就没有河,从某种意义上说,没有河也就没有浪漫与爱情。我相信在亚马孙河宽广的流域里一定也流传着许多类似的故事,这些故事就是拉丁美洲作家们共同的文学资源。

故事发生在船上,这已经成为文学的经典模式,有许多这样的小说,但我首先想到的是加西亚·马尔克斯的《迷宫中的将军》与《霍乱时期的爱情》,那条马格达莱纳河,是哥伦比亚的大河,与亚马孙河没有关联,但我总觉得它是亚马孙河的一条支流。南美洲的解放者西蒙·玻利瓦尔在一条船上度过了他生命最后的时光,航程是他生命历程的象征,他的回忆与河中的波浪、岸上的风景镶嵌在一起,如同用各种彩色的丝线,编织了一条漫长的地毯。加西亚·马尔克斯的另一部杰作《霍乱时期的爱情》,我三十多年前曾经读过,2016年暑假,我用了一周的时间,从头至尾,又认真地读了一遍。我感觉书中最好的章节,是到处寻花问柳、始终不忘初心的阿里萨与费尔米娜暮年时那次河中船上的浪漫旅程。这是世界文学中罕见的描写,两个老人激动人心的爱情,犹如灿烂的晚霞照亮了天空。

我必须夸一下我自己的那部对中国社会变化产生过微妙作用的小说《蛙》,此小说以我的当了几十年妇科医生的姑姑为原型,写了她的一生,尤其是她在中国的计划生育运动中所扮演的角色,以及她的痛苦与矛盾。小说的高潮部分发生在河上,浩瀚的大河,滔滔的洪水,载着孕妇逃跑的木筏与载着姑姑追赶孕妇的机动船，展开了一场决定一个生命生死存亡的追赶。姑姑的机动船，当然最终赶上了木筏。但此时木筏上的孕妇已开始了生产。姑姑作为一个妇科医生的职业道德和作为一个计划生育干部的责任忠诚，在她内心展开了刀光剑影的斗争，最后，人性战胜了职责，姑姑对着那生命垂危的产妇伸出手，说，这不是魔爪，这是一只妇产科医生的手。

我写这本书的目的不是要揭露计划生育过程中的黑暗，而是想塑造一个以我姑姑为原型的妇科医生的形象。但正是因为我从人物出发的创作，使姑姑这个形象具有了真实感和说服力。所以此小说发表之后，引发了广泛的关注和阅读热潮。几年之后，在中国执行了三十多年的独生子女政策宣告废止，自由生育已成为指日可待的现实。我听很多人对我说过《蛙》这部小说对推动废止独生子女政策所发挥的作用，我不置可否，这当然不是谦虚，而是我真诚地认为，影响到某项具体的政策，只是某些小说发挥的副作用，真正的伟大小说的作用，是影响人的心灵，是人在生命道路上遇到巨大的困惑、难以解决的问题、不可逾越的障碍时，为他们提供一种安慰、一种启示和一份自信。

我坐在亚马孙河的游船上，时时刻刻萦绕我心头的，其实是我的故乡那条已经干涸了多年的胶河。从它的源头到它的下游，全程干涸。河床上长满了绿草，或是布满了沙石，尽管政府在河的两畔花费巨资建造了很多景观，但一条河流两侧的景观，必须依靠河水而美丽，干涸的河是地球上最丑陋的地貌，在干河两边造景如同为枯尸化妆。我们盼望着水，盼望着天降雨，但天就是不降雨。天把雨降落到许多地方，包括我们的邻县，但它就是不在胶河流域降雨。去年，我们周围几个县市大雨倾盆，水库满溢，河流决堤，洪水泛滥，唯独我们县无雨。我站在干涸的河底，仰望着天空，努力地思考着天不降雨的原因，但我想不出原因。

我实在太怀念二十世纪六七十年代的胶河了，我太向往在小说中被我十分夸张地描写过的波浪滔天的胶河了，我太羡慕生活在亚马孙河两岸的拉美作家同行了，你们的河里有水，你们的想象力和创造力就不会穷尽。我故乡的河成了枯河，故乡的文友半开玩笑半认真地对我说，这都怨你，因为你写过一篇小说，题目叫《枯河》。我当然不认可他们的批评，因为我除了写《枯河》，我更多的是在写这条河水势滔滔甚至泛滥成灾的景象。我相信天道轮回、万物皆有周期的说法。我相信，已经干涸了三十多年的胶河会迎来一个雨量充沛、河水汤汤的新的周期。如果河里有了水，河两岸的投资巨大的景观是否还是景观就会原形毕露，那些外表华丽的建筑是否经得起雨水的洗礼与河水的浸泡，也将显出真相。有了水的河，会改变这方土地上的一切，包括人的容貌、性情和思想。我等待着新的周期的降临，但我的等待应是积极的，我会用意识向亚马孙河借水，让我的文学之河河水充盈。不，不必借水，干脆，我就把这条水势滔天的亚马孙河想象成我故乡的河，它就是我的河，它将给我灵感，给我启示，给我自信，就像一部伟大的文学作品给予读者的那样。

（2019 年 8 月在迭戈·波塔莱斯大学荣誉博士授予仪式上的演讲）

作为世界文学之一环的亚洲文学

在 1827 年至 1830 年间，进入垂暮之年的歌德，在与友人通信、谈话以及他自己的文章中，曾经多次提到过"世界文学"的概念。

这些杂志，正如它们逐渐赢得了一个更大的读者群那样，将为一种所希望的普遍的世界文学做出最卓越的贡献；我们只重复说，要求各民族都一致地思想似乎不大可能，而是只要求它们应该互相发现，互相理解，即使它们之间不能相爱，至少应该学会相互容忍。

《关于艺术和古代》（《爱丁堡评论》1828 年第 6 卷第 2 期）

假如我们敢于宣布一种欧洲的，也就是一种普遍的世界文学，那么这种说法也并不意味着不同的民族彼此接受并认识了对方的作品，因为欧洲的文学在这个意义上已经存在很久，而且还在延续并或多或少地在更新。不！更确切地说，这里谈的是，活跃的和努力进取的文学活动家们在互相认识并通过倾慕以及同心协力来互相推动，一起创造。

《与自然研究者在柏林聚会时发言》（1828 年）

谈论一种普遍的世界文学已经有些时候了，这并非没有道理：因为在那些最可怕的战争中被颠簸得乱七八糟，然后又各自恢复了原状的所有民族都发现，他们认识了一些陌生的东西，接受了它们，到处都可以感觉到一些迄今为止尚不熟悉的精神需要。

《关于卡莱尔的〈席勒生平〉导言》（1830 年）

许多年后，日本作家、诺贝尔文学奖获得者大江健三郎先生，在多个场合，提出了创造"作为世界文学之一环的亚洲文学"的构想。据大江先生自己说，他最初产生这种想法，是由于二十世纪八十年代初期在墨西哥学院担任教职时，从一个研究中国文学的美国教授那里，获得了一份中国译介拉美文学的书目单。这份书目单的详尽和丰富令他惊讶不已。他说："当时，我感到中国的知识分子和拉美的知识分子已经通过文学紧密地联系在了一起，我为此而深受感动……中国的年轻人正在努力地理解拉美文学，我相信，这些年轻人从中找到了中国文学和拉美文学的连接点，从而创造出融入两种异质文化的新文学。"这种新文学，就是作为世界文学之一环的亚洲文学。不久前，他在接受南开大学博士王新新采访时，对亚洲文学的内涵，做了进一步的阐释。他说："日本作家也好，中国作家也好，韩国作家也好，都应提出什么是亚洲文学的问题。比如说，什么是世界文学的问题是歌德提出的，当时并没有'世界文学'这种说法，但歌德认为需要有世界文学。我认为当前并不存在亚洲文学这一流派，但作为日本作家，我希望自己能够创作出既被中国人理解，又被韩国人理解的文学。以亚洲为舞台，思考亚洲的未来，这种文学就是亚洲文学。我认为中国、韩国、菲律宾等国的作家，应该把自己的文学思考联系到亚洲。我提出亚洲文学这个概念，目的是呼吁人们重视这个问题。亚洲各国应该携起手来，一同思考亚洲。文学也是这样，应该思考亚洲的文学。"

对于歌德的"世界文学"观念，有很多的理解和诠释。我个人认为，歌德的"世界文学"概念，是建立在互相发现、互相理解、相互尊重、相互容忍的基础上的文化交流活动，这样的交流所要达到的目的不是要消灭个性，而是要尊重个性、发扬个性，从中认识和发现新的精神需求。歌德希望借文化了解来提高宽容度，时至今日，他的"世界文学"概念的内涵已经成为一系列的全球对话和交流的指导准则。在这些对话和交流中，不同文化的共性日趋明显，个性也并未被抹杀。

交流的目的不仅仅是欣赏、学习，还有在欣赏、学习之后的创造。大江健三郎先生近年来所大力倡导的创造"作为世界文学之一环的亚洲文学"的意义就在于吸收异质文化营养之后的创造。大江先生通晓多种外语，博览群书，世界文学涉猎颇广，他的文学实践，其实已经是创造"亚洲文学"的丰富实践。

在新的历史时期，在全球经济一体化与全球文化趋同化的背景下，对歌德的"世界文学"概念和大江先生的"作为世界文学之一环的亚洲文学"的提法予以研究具有重要的理论和实践意义。

纵观人类历史，也正是一部各个国家的文化交流的历史。经济和贸易的往来，其实也是广义的文化交流。世界上没有纯粹的经济贸易。所有的经贸活动，其实都有政治与文化的意义。文学的交流，往往落后于经济的交流，但它发挥的作用，却比任何单项的经济和文化交流，更加悠长而深远。

在已经基本形成的经济一体化的世界格局中，文化的趋同化也渐见端倪。文学作为文化的重要构成部分，也不可避免地经受着趋同化的侵蚀。近年来，凡欧美市场上的畅销书，用不了多久就会在中国书店上市。这样快捷的翻译和推介，虽然有积极的意义，但也产生了明显的副作用，那就是：作家对畅销书的故事模式、情感模式和价值趋向的模仿，正在使文学的原创性和作家的个性淡化乃至消解。这样按照统一配方配制出来的文学作品，既不是歌德所梦想的"世界文学"，也不是大江健三郎先生所倡导的"作为世界文学之一环的亚洲文学"。在这样的文化格局下，如何继承和保存各个国家、民族的文学独特性和文学所表现出来的民族的精神需求，是摆在我们亚洲作家面前的重大问题。

我们要创作成为世界文学之一环的亚洲文学，首先要使我们的文学包含着能为世界各国人民所能接受和理解的普遍价值。我们的文学作品塑造的人物，不仅仅能感动我们本国的乃至亚洲的读者，而且也应该能够感动全世界的读者。这样的文学是超越时空的，是永恒的。这种普遍的、永恒的价值，就是人道主义的精神，就是平等、自由、博爱，就是宽容、理解和善良，就是慷慨、勇敢和坦荡，就是勤劳、诚实和勇敢，就是人类的美德和对违背这些美德的恶行的批判和谴责。

其次，我们要充分认识到，我们亚洲的文化是独特的，在亚洲文化中占据着重要位置的文学也是独特的。这个独特，是相对于亚洲之外的其他国家和地区的文学而言的。这种独特性，并不是作家们的刻意捏造，而是对我们赖以生存的环境和我们的生活的反映。凸显这种独特性，挖掘这种独特性所包含的哲学意蕴和人文价值，是亚洲的文学工作者们须臾不可忘记的神圣职责。我们要使自己的文学成为世界的文学，首先就要使文学成为我们自己的、民族的和地区的文学，我们亚洲作家立足本土所创造的富有鲜明民族特征的文学的总和，也就是作为世界文学之一环的亚洲文学。

第三，我们要认识到亚洲文化本身又是一个多样性的整体。无论是从语言、文学、美术、音乐，还是从服装、饮食、建筑等诸多方面来说，亚洲文化本身就是一个千姿百态的存在。韩国姑娘穿着美丽的韩服，日本姑娘穿着典雅的和服，中国姑娘穿着高贵的旗袍，东南亚姑娘们穿着美丽的纱笼。饮食方面，我们忘不了韩国的泡菜，很怀念日本的生鱼片，回味着蒙古的烤肉，更忘不了中国的种种大餐。即便是在中国菜里，又分成了粤菜、川菜、鲁菜、杭州菜、淮扬菜等诸多的菜系。这样的例子俯拾皆是，不胜枚举。但从整体上看，我们又可以明显地看到，相对于其他洲，亚洲文化，尤其是我们东北亚文化，又表现出一种特有的共性。这共性到底体现在哪些方面？我觉得它仿佛是空气，处处在，但又难以把握。它渗透在我们文化和艺术的深层，形成了一种鲜明的东方情调。在我们的文学中保存亚洲文化的独特性，就是保存这样宝贵的"东方情调"。而这种宝贵的"东方情调"，就是我们亚洲文学的鲜明标记。

第四，保存绝不是停滞，保存是创造发展中的保存，保存并不是封闭。我理解，要使亚洲文学的独特性和多样性得到保存，必须要将亚洲文学置于世界文学的整体中，广泛地吸收和学习，大胆地借鉴和创新。也就是说，亚洲文学，是世界文学的一部分。亚洲文学，既要向别的文化学习，也要为别的文学提供学习和借鉴的样板。最终的目的，就是要构成一个普遍性和特殊性相统一的人类文化的百花园。

在当今这种通讯日益便利、交通快速便捷、信息共享的全球化时代，我们应该建立一种大文化观。这个大文化观，应该以全球为参照体系来比较、观照自己所在的地区和国家的文化。我们应该放开胸怀，包容和接受外来的东西，让外来的东西变成我们的营养。最终的目的是要创造出一种继承了我们自己历史和民族传统的崭新的文化。人类社会劳动的最根本的目的，并不是要保存旧的东西，而是要创造新的东西。但新的东西，是在旧的东西的基础上生长出来的。旧的东西得不到保护和继承，新的东西就失去了生长的母本。文化交流的根本目的是学习，学习的根本目的是创造而不是照搬。我感到亚洲各国都是善于学习的国家，西方文化曾经对东方的变革发生过巨大的推动作用，但我们并没有照搬西方经验，更没有克隆西方文化，我们都是在本国文化的基础上，创造了各自的独特的新的文化，包括我们的文学。

我不敢盲目附和二十一世纪是亚洲世纪的说法，但是我相信，随着世界经济中心的东移，亚洲的文学和艺术，也必将引起西方更多的关注和理解。亚洲的思想方法、亚洲的价值标准、亚洲的政治模式、亚洲人民为了追求幸福生活所创造的一切，都必将成为西方学习的对象。一个平等、宽容、共存的时代必将到来。我们亚洲的文学艺术家们，必将创作出伟大的作品，因为我们亚洲的文化传统中充满了无与伦比的想象力和神奇的元素，因为我们亚洲这块古老的大地上正在涌动着新的思想的春潮。

(2010 年 5 月在四川成都"首届亚洲文化艺术界
高层学术论坛"上的发言)

巨浪中的遣唐使

不久前，中国国际广播电台主办了一个对作家的系列访谈节目。访谈中，主持人问我："如果让你自由选择，你愿意生活在哪个朝代？"我毫不犹豫地回答，唐朝。主持人不由得笑了。她说，受访作家都回答过这个问题，答案多是唐朝。为什么这么多作家都不约而同地爱上唐朝？我的回答是，因为唐朝是诗歌的盛世，是富有想象力和浪漫精神的时代。伟大的诗人李白就是其中的代表人物。李白曾写过一首著名的诗篇《哭晁卿衡》：

> 日本晁卿辞帝都，征帆一片绕蓬壶。
> 明月不归沉碧海，白云愁色满苍梧。

诗中的晁卿就是出生于奈良的阿倍仲麻吕。他是中日文化交流史中的著名人物，是伟大的政治家，也是著名的诗人。中国的《全唐诗》中，收录了他怀念故乡的著名诗篇。

对于阿倍仲麻吕的生平事迹，在座的各位，想必都是耳熟能详。公元698年，他出生于奈良附近的一个中等贵族家庭。公元717年，也就是平城迁都后七年，年仅十九岁的阿倍仲麻吕入选遣唐使团后，经过了艰难的海上航行和漫长的陆地跋涉，才抵达唐都长安。此时当朝的皇帝就是那位爱好戏曲、与杨玉环演出了千古传奇爱情诗篇的唐玄宗李隆基。阿倍仲麻吕始入唐太学读书，聪颖好学，才思非凡，尤工诗文，不久就考中进士。他与李白、王维等中国诗人友情深厚，经常饮酒酬诗、互赠礼物。李白诗曰："身着日本裘，昂藏出风尘。"李白的日本裘，就是阿倍仲麻吕所赠。阿倍仲麻吕深得唐玄宗的赏识，历任高官，为唐朝的政治做出了重要贡献。尽管享受着高官厚禄，但阿倍仲麻吕的思乡之情却与日俱增。

公元751年，阿倍仲麻吕在长安遇到了日本第十一次遣唐使团大使藤原清河。阿倍仲麻吕向唐玄宗提出归国请求，玄宗虽然舍不得，但还是批准了他的请求。公元753年，离开故国三十七年的阿倍仲麻吕即将启程返国。这是京城长安的一件大事，一场场宴会、一首首诗篇、一声声珍重、一次次握别，每当想象着这种情景，我就会心潮起伏。

公元753年6月，阿倍仲麻吕随藤原清河大使一行辞别长安，南下扬州。10月15日，他们会见了已经五次东渡均未成功的鉴真大师，并邀其再次东渡。11月15日，他们分乘四艘大船启航。是夜，皓月当空，水天一色，即将回到离别三十七年的故乡，也同时意味着即将离别生活了三十七年的大唐，他仰望长天，百感交集，以日语赋诗一首，并当即译成汉语以示众人：

仰首望长天，神驰奈良边，
三笠山顶上，想又皎月圆。

但不幸的是，东渡途中遇到风暴，阿倍仲麻吕所乘船只与其余三船失去联系，被风暴吹至越南。登陆后，船上一百七十多人，多被土人所杀害，幸存者只有阿倍仲麻吕和藤原大使等十余人。阿倍仲麻吕海上遇难的消息传来，长安朝野，无不为之悲痛惋惜。李白闻讯，挥泪写下了开篇提到过的那首著名诗篇。

公元755年6月，阿倍仲麻吕和藤原大使一行历经艰险，辗转回到长安。阿倍仲麻吕再度入朝为官，为唐王朝鞠躬尽瘁，770年卒于长安。

阿倍仲麻吕乡梦难圆，但庆幸的是，鉴真大师东渡成功。历经六次东渡的鉴真大师此时已是六十六岁高龄，且已双目失明。鉴真大师来到平城京，受到举国上下的盛大欢迎。大师在日本生活了十年，主持建造了唐招提寺。他在传播文化方面所做出的巨大贡献，已经载入史册。

今年是平城迁都1300周年，奈良市举办了一系列庆祝与纪念活动。平城迁都的时代，是中国的盛世，也是日本的盛世。盛世的标志，不仅仅是国力的富强，更重要的是文化的繁荣、思想的活跃、想象力的丰沛、创造精神的勃发，而要实现这些，国与国之间的文化交流是重要的途径。那个时代，之所以令人神往，就在于那个时代的人所表现出来的精神风貌，也在于国家之间所表现出来的亲和姿态。那是一个伟大的时代，阿倍仲麻吕和鉴真大师就是那个大时代里涌现出来的杰出人物。

在人类的历史上，许多次的探险航行，是为了扩展疆域，是为了炫耀武力，是为了征服和掠夺，而鉴真和阿倍仲麻吕们的东渡西航，是为了求知和传播知识，是为了和平与友谊，这样的航行是高尚的航行，是中日两国的光辉的历史业绩。

我经常想象到这样的情景：一批批的日本遣唐使乘着帆船，

在茫茫大海上航行。他们冒着生命危险，战狂风，斗恶浪，忍受着种种难以想象的痛苦，英勇顽强，百折不挠。支撑着他们的，到底是一种什么精神？这就是一个国家、一个民族的虚怀若谷、渴望知识、善于学习的精神；这也是一个国家、一个民族渴望友情、渴望和平的精神；这同样是一个国家、一个民族勇于探索、勇于创造的浪漫精神。这样的精神延续至今，已经成为大和民族的精神基石，灿烂的日本文化正是依赖着这样的精神和这样的精神激励下的实践而创造出来。

我也经常想象鉴真大师六次东航的情景。前五次东航，每一次都是九死一生，每一次都是以失败告终。海天茫茫，波涛汹涌，日本国始终如传说中的仙山琼阁一样遥不可及。对于这样的艰难征程，一般人早就知难而退，但大师屡遭挫折而不改初衷，支撑着他的又是一种什么精神呢？我猜想，这应该是宗教讲的博爱与天下众生平等的精神，一种为了传播福音而不惜一切的奉献精神，一种既发初愿、绝不回头的执着精神。作为一个人，可以信仰各种宗教，也可以什么宗教都不信仰，但鉴真大师这种为了理想而献身的精神，却是每一个正直、善良、勇敢的人都应该敬仰并努力实践的。

尽管时光流逝了 1300 年，但我们的智慧，并不比我们的祖先高明；我们的勇气，并不比我们的祖先高涨；我们的胸怀，并不比我们的祖先博大；我们的视野，并不比我们的祖先开阔；我们的道德，并不比我们的祖先高尚。

纪念平城迁都 1300 周年，怀想那个伟大的时代里的伟大人物与伟大事迹，让我们感慨万千。我们渴望着那种跨越国界、超越种族的纯真友谊，我们渴望着歌颂这种纯真友谊的优美诗篇。我们应该向我们的祖先学习，克服狭隘的民族情绪，树立博大的情怀，为了美好的理想而奋斗！

（2010 年 10 月在日本奈良"纪念平城迁都 1300 周年庆典"上的演讲）

东北亚时代的主人公

首先我要祝贺大家沿着一条光荣的路线，进行了一次长征。你们从西安—兰州—武威—敦煌—吐鲁番—乌鲁木齐来到了北京。

西安是历史文化之都，在那里，同学们应该看到了秦始皇兵马俑的威武雄壮，应该看到了大雁塔的庄严肃穆和大唐芙蓉园的壮丽辉煌。西安是汉唐时期的华夏中心，也是亚洲地区最具有文化感召力的城市。那时候，在西安街头行走的，有来自西域各国的浓眉深目的阿拉伯人，有来自日本的僧侣，当然也有来自高丽国的商人和学者。而且，正如你们行前所了解的，盛唐时期的著名将领高仙芝，就是高丽国人。他也正是从西安开始，走上了他的军旅生涯，并在之后的岁月里，忍受了常人难以想象的苦难，创造了许多军事史上的奇迹。他为唐王朝开拓了疆域、巩固了边防，成为在世界范围内可与拿破仑、汉尼拔相提并论的名将。他指挥的翻越葱岭的长途奔袭战役，至今被军事史家所反复研究援引，他的山地行军经验前无古人，后无来者。

兰州是瓜果之都。八月兰州，瓜果满城。想必同学们在那里都吃到了金瓜银果。兰州双山夹峙，中华民族的母亲河穿城而过。河边那组黄河母亲的著名雕塑，想必也引起了同学们的注意。你们的相机里是不是也留下了这组雕塑的照片？兰州除了瓜果著名，更著名的是它的拉面。不仅在中国的各大城市都能看到兰州拉面馆，在日本的东京、北海道的札幌、韩国的首尔，都可以吃到兰州的拉面。札幌有一条著名的街道，就叫"拉面一条街"。当然，这里的拉面，已经与兰州的拉面有了很大的区别。在兰州人的心目中，拉面不仅是一种食品，而且还是一种文化。看兰州拉面馆里的师傅们的拉面表演，无疑是观看一种独特的艺术表演。

敦煌的莫高窟，是世界著名文化遗产。那些洞窟里千姿百态的造像，不仅向世人昭示着灿烂的佛教文化，同时也展示着当时的世俗生活。创造这些形象的人们，是基于崇高的宗教热情，同时寄托着俗世的愿望。那衣带翻飞的"飞天"和反弹琵琶的乐舞伎，都是凝结着人民的伟大想象力的艺术形象，也是人民对美好生活的憧憬和向往。由这些形象，我们可以想象出当时的亚洲文化交流是一种多么辉煌的景况。在二十世纪八十年代初，兰州的歌舞剧院，曾经排演过一部名叫《丝路花雨》的舞剧，这部舞剧在中国曾引起过巨大的反响。该剧的经典造型就是反弹琵琶。我前年访问贵国时的一个晚上，首尔大学的几个教授，让他们的女学生为我表演了歌舞，她们鼓之舞之，衣袂飘飞，腰肢曼软，让我不由得联想到敦煌壁画中的许多造像。

至于吐鲁番，我想同学们一定听过这样一首在中国非常有名也非常优美的歌曲："吐鲁番的葡萄熟了，阿娜尔罕的心儿醉了……"那里盛产世界上最好的葡萄和葡萄干，也盛产世界上最美好的爱情，因为那里有辫子最多、跳起舞来像云朵一样团团旋转的美丽姑娘和勇敢健壮的小伙子。

乌鲁木齐在蒙古语里是"美丽的牧场"的意思。二十多年前，我曾经到过这个美丽的城市，那里的羊肉串给我留下了深刻的印象。当然，乌鲁木齐，新疆，留给我印象的不仅仅是食物，更让我难以忘却的是那里灿烂的文化。

所以，我想同学们此次行走的这条路线，不仅仅是一条拓疆戍边的军事路线，更是一条灿烂的经济与文化交流的路线。这就是著名的丝绸之路。让我们想象一下当时的景象：长长的驼队，驮着丝绸与瓷器，一路往西行走，到达中亚各国，送去了东北亚的货物和文化，也载回了中亚的货物和文明。我们今天所吃的西瓜，我们所演奏的胡琴、琵琶等乐器，都是那个时期留给我们的文化成果。

同学们，经过千万里的奔波，你们来到了北京。尽管你们一路上更多的是借助了现代化的交通工具，但也是风尘仆仆。中国有一部著名的神魔小说《西游记》，讲述了唐朝的和尚玄奘与他的三个半神半人的徒弟由长安出发，沿着你们走过的路线去印度取经的故事。你们在西安看过的大雁塔，就是为取经归来的唐玄奘修建的。我想，同学们这次旅行，也是一次"西游记"。唐朝的玄奘取回了佛教经典，为佛教在中国和东北亚各国的盛行做出了巨大的贡献，我想，同学们的这次西游，也一定是满载收获。这些收获，在你们的一生中，都会发生积极的意义。

中国古代圣贤，提倡人的一生中，要读万卷书，走万里路。读书、游历，是人生的重要课程。你们的行旅，是非常有意义的文化考察，它会开阔你们的视野，增加你们的阅历，提高你们的素养。因此，大山财团组织的这项活动，是富有远见卓识的创举。我想，你们的旅行中，还有一个巨大的收获，那就是加深了你们对中国的了解，促进了你们与中国青年的友谊。未来的东北亚，是属于东北亚青年的。你们正在为创造东北亚未来的辉煌，做着积极的准备。

大山财团的负责人希望我在演讲中谈谈东北亚时代的主人公形象。这是一个巨大的课题，应该著书立论。时间所限，我在此只能简略地谈几点我的粗浅想法。

首先，二十一世纪必将是亚洲崛起的世纪，而在崛起的亚洲版图上，我们东北亚将是一片引人注目的高地。东北亚的青年，肩负着振兴亚洲、振兴各自祖国的重任。要完成这一重任，我想，东北亚青年应该确立宇宙意识。在茫茫宇宙中，我们生存的地球，只不过是一粒微尘。而恰恰是在这颗微尘般的蓝色星球上，具备了生命存在的必要条件，这是宇宙的奇迹。而在地球的成千上万种生命中，唯有人，具有了意识，具有了改造自然、改善自身的能力。我们能够作为人生活在这个地球上，真是伟大的巧合和无可比拟的幸运！要知道，组成我们身体的，都是普通元素。无论是金喜善，还是裴勇俊，无论是巩俐，还是张艺谋，都是用与我们同样的元素构成。我之所以谈天说地，意思就是希望青年们能够认识到：地球是宇宙中的幸运儿，而人类又是地球上的幸运物种。我们必须爱护我们共同的家园。发生在地球上任何一次灾难，都是全人类的灾难，都与我们每个人息息相关。

第二，东北亚时代的主人公，必须具备人类意识，必须具备宗教般的博爱情怀。我们当然要热爱我们的祖国，但热爱祖国与热爱人类并不矛盾。我们必须警惕和防止狭隘的民族主义情绪，消弭仇恨，共谋友谊、和平与发展。你们韩国国父金九先生曾经说过："我所期盼的民族利益，并不是用武力征服世界和支配经济活动，而是要用文化、用爱，去感化世界，从而使我们自己生活得更加美好，也使全人类都生活在和谐美满的环境里。"他的话是近百年前说的，但仿佛就是今天说的。

第三，东北亚时代的主人公，必须具备广博的文化修养。我们要熟谙本国的文化，也要尽可能多地了解世界各国的文化。我们要继承本国的优秀文化传统，又要善于学习外来的文化。中国历史上的汉朝和唐朝，之所以创造了灿烂的文化，其重要的原因，就是那时的中国人，有博大、开放的胸怀。他们善于向外部的文化学习，把外部文化，当成自身发展的营养。我们要学习唐玄奘西天取经的精神，为创造东北亚时代的大文化而努力。

同学们，我们所处的时代，是一个进步与退步同时存在的时代；是一个文明与野蛮搏杀的时代；是一个积极建设的时代，也是一个疯狂破坏的时代；是一个富者挥金如土的时代，也是贫者温饱难继的时代；是一个令人失望的时代，也是一个充满了希望的时代。我们东北亚的青年，应该以自己的高远眼光和包容胸怀，来处理自己面临的问题。我们应该以爱心来克服敌意；以科学的精神来抵制野蛮和倒退；以伟大的人道主义情怀，来抵制反人类的阴谋，为了共同的繁荣、进步、幸福而贡献我们自己的力量。

（2007 年 8 月于北京在欢迎韩国大学生访华团仪式上的致辞）

一本书打开一个世界

欢迎订购、合作

订购电话：0571-85153371

服务热线：0571-85152727

莫言读书会　　KEY-可以文化　　浙江文艺出版社　　京东自营店

关注 KEY-可以文化、浙江文艺出版社公众号，
及浙江文艺出版社京东自营店，随时获取最新图书资讯，
享受最优购书福利以及意想不到的作家惊喜